民国笔记小说粹编编委会

民国笔记小说粹编

蜷庐随笔
趋庭随笔

王伯恭　江庸　著

山西出版传媒集团
三晋出版社

图书在版编目(CIP)数据

蜷庐随笔 / 王伯恭著. 趋庭随笔 / 江庸著. —太原:三晋出版社,2022.5

(民国笔记小说粹编)

ISBN 978-7-5457-2485-1

Ⅰ. ①蜷… ②趋… Ⅱ. ①王… ②江… Ⅲ. ①笔记小说—小说集—中国—民国 Ⅳ. ①I246.1

中国版本图书馆CIP数据核字(2022)第083811号

蜷庐随笔 趋庭随笔

著　　者: 王伯恭　江　庸
责任编辑: 阎卫斌
责任印制: 李佳音
封面设计: 段宇杰

出 版 者: 山西出版传媒集团·三晋出版社
地　　址: 太原市建设南路21号
电　　话: 0351-4956036(总编室)
0351-4922203(印制部)
网　　址: http://www.sjcbs.cn

经 销 者: 新华书店
承 印 者: 山西人民印刷有限责任公司

开　　本: 850mm×1168mm　1/32
印　　张: 7.75
字　　数: 158千字
版　　次: 2022年7月　第1版
印　　次: 2022年7月　第1次印刷
书　　号: ISBN 978-7-5457-2485-1
定　　价: 35.00元

如有印装质量问题,请与本社发行部联系　电话:0351-4922268

总　序

黄　霖

承蒙三晋出版社的错爱，我遵嘱为他们在《民国笔记小说大观》的基础上再做的选粹本作了这个序。说实话，当时我一听这个书名就感到有点头疼，因为自从1912年王文濡推出《笔记小说大观》以来，究竟如何认识“笔记小说”这个名目可以说是众说纷纭，非三言两语能够说清，再加上手头的事情实在太多，不想去算这笔糊涂账了。但后来一想，近年来我正从研究近代文论的圈子里跨出来，在关注现代的“旧体”文学与文论，“笔记小说”这个名目作为一种文类或文体亮相并引发了争议，也正是从近现代开始的，因此也不妨乘此机会来梳理一下吧。

显然，要辨说“笔记小说”，首先要将“笔记”与“小说”这两个概念简要地说一说。好在古代对这两个概念，大家的认识本来就大致相近。

假如从《庄子·外物》《论语·子张》《荀子·正名》分别所说的“小说”“小道”“小家珍说”算起，“小说”之名是出现得比较早的。到汉代桓谭《新论》所提的“小说”就与20世纪前一般学者所认识的“小说”比较一致了。它指出其特点是“从残小语，近取譬论，以作短书”。尽管“小说”于“治身理家，有可观之辞”，但据《论衡·谢短篇》等篇的解释，这类“短书”，写的都是“小道”，“非儒者之贵也”。到《汉书·艺文志》就明确在史志目录中将“小说”归为一类，并列出了具体的书名，从中可见，“小说”中既有“史官记事”之作，也有“迂诞依托”之书，另有阐发哲理的议论、风俗逸闻的记载，等等，内容庞杂，范围广泛。以此可见，“小说”这个概念的出现，先是从内容着眼，强调它写的是有别于经传“大道”之外的杂七杂八的“小道”，与此相适应的是在形式上都是“从残小语”。简言之，所谓“小说”，就是并非正面、集中阐述“大道”的杂、碎文字。

至于“笔记”之名，当后起于文笔相分的六朝。刘勰《文心雕龙·总术》云：“今之常言，有文有笔，以为无韵者笔也，有韵者文也。”笔记，当属用无韵之笔随记而成的、有别于经年累月、深思熟虑写就的杂、碎文字。当时之所以起用“笔记”之名，主要是从写作的方式与形式的角度上来考虑的。一时使用这个概念者也较多，如刘勰在《文心雕龙·才略》中明确地提出了有“笔记”之作：“路粹、杨修，颇怀笔记之工”，“温太真之笔记，循理而清通，亦笔端之良工也”。差不多同时的萧子显在《南齐书》卷五十二《文学·丘巨源传》中也提到了“笔记”之名。到宋代就有了以“笔记”为名的书籍，如宋祁的《宋景文公笔记》、苏轼的《仇池笔记》等等，久盛不衰。假如也用一语而言之，则所谓“笔记”，就是随笔而记的无韵杂、碎文字。

于此可见，“小说”与“笔记”之别，主要是在起用这两个概念时的着眼点、出发点不同，一是从内容出发，一是从写作的方式出发，在20世纪以前的文献学意义上，它们的实际内涵与外延应该是大致相同的，所谓“笔记”或“小说”，都是指经(正)史之外的，包括各类内容与多种形式的零简短章。它们一般都用的是文言，所以到现代，有人在“小说”之前加了“笔记”，用来与“白话小说”相区别；它们一般成集，但也有单篇或零星几章的，特别是在报刊兴起之后，单篇之作也很多。正因为“小说”与“笔记”两个名目，有异有同，古人又似未见对此有所辨析，只是在各自的著作中自做不同的分类或赋予不同的名目，于是就分分合合，弄得缠夹不清了。

不过，据我粗略的检视，在20世纪以前的漫长历史中，文人墨客或用“小说”之名，或称“笔记”之作，绝大多数并没有将这两个名称合在一起，没有把“笔记小说”或“小说笔记”作为一个文体或文类的名称来使用的。偶尔有之，也是为了文气的连贯而将两者作为相近文体或文类而并列在一起而已。假如当时有标点符号的话，应该是写成“笔记、小说”更为确切，只是当时没有标点符号，就将两者并写在一起了，如宋代史绳祖在《学斋占毕》卷二“蔆蔆二物”条中说：“前辈笔记小说固有字误，或刊本之误，因而后生末学不稽考本出处，承袭谬误甚多。”[①]再如清代王杰所编的《钦定重刻淳化阁帖释文》中有一文写道，“各有专书以纠其失，其他见于古今诗、文及说部、笔记者指摘不胜枚举”。[②] 这里的诗与文、说部与笔记之间都是应该加顿号的，它们都是并称的。再如江藩在说钱大昕治元史时说：“搜罗元人诗文集、小说笔记、金石碑版，重修元史，后恐有违功令，改为《元诗纪事》。”[③]其“小说笔记”也只能看作是性质相近的两类文字并写在一起，也并没有将“小说笔记”四字合在一起看作是一个文体或文类。

时代跨进了20世纪，在新的文学思潮影响下，1902年梁启超在正式发行中国第一本小说杂志《新小说》之前两个月，在《新民丛报》第十四号上发了一篇《中国惟一之文学报〈新小说〉》，对将要发行的《新小说》的宗旨、形式、内容、发行等问题做了介绍，特别详细地对将要发表的各类小说做了分类说明，指出有历史小说、政治小说、哲理科学小说、军事小说、冒险小说、探侦小说、写情小说、语怪小说等不同，这些显然都是从内容上分类的。接下来就从形式上、或者说从文体上指出还有“札记体小说”与“传奇体小说”。在这里，“札记”与“笔记”义同。他特别在“札记”与“小说”之间加了一个“体”字，意义非

---

① 史绳祖《学斋占毕》卷二，文渊阁四库全书本。

② 王杰等辑《钦定石渠宝笈续编》卷二十三，清乾隆末年内府朱丝栏抄嘉庆增补本。

③ 江藩《国朝汉学师承记》卷三，清嘉庆十七年刻本。

凡。这表明在新潮的西方文学观念影响下，他所认识的“小说”已不再是传统的不论在内容上还是形式上都是包罗万象、混沌模糊的一个概念，而是开始将“小说”看作“文学”中的一种自具特色的文体，而“笔记”也只是一种特殊的表现形式与手段。正是在转变了小说观念之后，他在“笔记”与“小说”之间加了一个“体”字，以示这类小说是“笔记”类文体或形式的小说。后在《新小说》正式发行时，他又将“札记体小说”略称为“札记小说”。这种“札记小说”的代表作就是“随意杂录”的“《聊斋》《阅微草堂》之类”。这也就是说，“札记小说”乃是一种用随意笔记的形式写就的如《聊斋志异》《阅微草堂笔记》一类的有故事、有人物，乃至有虚构的文字，也就是“札记体小说”。现在看来，梁启超在新潮的纯文学观念影响下，他心中的“小说”已不同于桓谭、班固到刘知几、胡应麟及四库馆臣笔下的“小说”了。他已将“小说”作为“文学”中的一种独立的文体，不再与“笔记”混同一体，而认为古代作品中“笔记”与“小说”这两者的关系，只能是“笔记体小说”或“小说体笔记”，因而在他主编的《新小说》中发表诸如《啸天庐拾异》《反聊斋》《知新室新译丛》等作品时所标的“札记小说”四个字的含义，实际上已经与古人所用的“笔记小说”之义大相径庭，赋予了“笔记体（类）小说”的新意。这是一次历史性的跨越。自此之后，“札记小说”或“笔记小说”四字的含义，就不再只是“笔记与小说”或者是“笔记加小说”一解，而是另有了一种新义了。而且在这里也清楚地告诉了人们,“笔记”与“小说”两者是不能相混的:在“笔记”中有一类是“小说”,还有许多并不是小说;在小说中有一类是“笔记体”,还有很多是非笔记体的;所谓“札记体小说”或“札记小说”,就是用笔记的手法写成的小说,或者说是归于“笔记”类中的“小说”。

梁启超的看法立即产生了影响。继《新小说》之后,不久发行的一些小说杂志,如《竞立社小说月报》《月月小说》,乃至如以学术为主的《东方杂志》之类也都在这样理解“札记小说”四字的基础上安排了这一专栏,发表了一系列的“笔记体(类)小说”。同时,商务印书馆出版的规模宏大的“说部丛书”,也据梁氏的分类标准,在每一部的封面上大都醒目地标明了是属于某类小说,如政治小说、军事小说等等,其中也有《海外拾遗》《罗刹因果录》等标明是“笔记小说”。此二书,都是分八则,写了各色人等的故事。这里的“笔记”与“小说”之间虽无一个“体”字,但实际就是“笔记体(类)小说”的意思,都是用随笔的形式写成的有故事、有人物、有虚构的作品。乃至在1929年4月2日的《新闻报》的广告栏中刊载大华书店发售的小说,也标明了不同的分类,除了从内容上区别“武侠小说类”“香艳小说类”及新与旧的不同外,另就形式而言也有“笔记小说类”。显然,这个“笔记小说类”也就是“笔记中的小说”或“小说类的笔记”,与梁启超的认识是一脉相承的。

但到民国年间出现了新问题,好编丛书的王文濡,接连编印了《古今说部丛书》《笔记小说大观》《说库》等将传统笔记与小说混在一起的丛书。其用“说部丛书”“说库”之名当无问题，而其于1912年用进步书局之名出版的《笔记小说大观》一书，共分八辑，收220余种作品，体量极大，尽管其书的《凡例》称“所选趋重小说”，但同时又说，“然关于讨论经史异义，阐发诗文要旨”等“古人笔记中往往有之”之作品也不忍“割爱”。且开宗明义第一条就说：“本编纂辑历代笔记，起六朝，迄民国，巨人伟作，收罗殆遍。”其书在报纸上刊载的“预约广告”也说：“《笔记小说大观》，系集汉魏以来笔记二百余种之汇刊，都五百余册。”[①]都是将“笔记”覆盖了“小说”。可见王文濡心目中还是将“小说”与“笔记”混在一起的。这样一来，同样“笔记小说”四字，自古至今出现了三种理解：一种是古代个别学者将“笔记”与“小说”并称而合在一起；另一种是如梁启超们将“笔记”中可称“小说”的一类称之为“札记体小说”或略称为“札记小说”；再者就是王文濡将“笔记”与“小说”混为一类的“笔记小说”。

由于当时的小说界普遍接受了新潮的小说观，而对古人曾经有过的零星将“笔记”与“小说”并称的情况没有注意，所以一见王文濡将“笔记”与“小说”混为一类就多有不满，如在当时文坛上比较活跃的姚赓夔就撰文说：

① 《新闻报》《民国日报》1928年6月19日同载。

"笔记小说"四字,最不可解。笔记自笔记,小说自小说,岂可相混?笔记而名之以小说,是何异画蛇而添足乎?①

署名玉衡者也发文说:

笔记与短篇小说,体裁既异,结构亦不自同。而今之作者,往往互相混淆,是无异于孙周之兄不能辨菽麦。②

《海上繁华梦》作者漱石生也说:

笔记有笔记体裁,小说有小说绳墨,二者绝不相混也。③

与此同时,小说界开始注意辨析"笔记"与"小说"的异同。如《申报》1921 年 3 月 20 日载《笔记与小说之区别》,列举了九条,如云:"笔记须有记载之价值,次之趣味;小说须有百读不厌之精神,次之勿使阅者意懈,目不终篇。""笔记重实叙,故曰记;小说可虚绘,故曰说。""笔

---

① 《小说杂谈》,《星期》1922 年第 29 期。
② 《小说管窥》,《星期》1923 年 7 月 29 日。
③ 《余之古今小说观》,《新月》1925 年 11 月 1 日。

记叙人物、地址皆有名，示翔实焉；小说多以‘某’代之，或并某字而无之，如‘生’‘女’皆成名称，不妨虚衬也。”为了避免将“笔记”与“小说”混淆，一些学者重拾梁启超的旧话，用“笔记体的小说”①“笔记式的小说”②或“笔记的小说”③等提法来取代容易混淆的“笔记小说”。应该说，假如大家都遵循这样的提法的话，后世就不会产生歧义了。

但问题比较麻烦的是，实际上从梁启超始，既创用“札记体小说”之名，又将之略称为“札记小说”，自乱了阵脚。现经《笔记小说大观》热炒畅销之后，特别经过一些“笔记+小说”类的“笔记小说”选本与丛书的不断亮相（选本与丛书中也有一些是只收“小说”的或只称“笔记”的），还是有相当一部分人将“笔记小说”看成是“笔记+小说”的。“笔记小说”一个名目、两种理解状况就始终存在着。

更使人缠夹不清的是，尽管自20世纪二三十年代后，大多数小说史家与文学史家笔下的“笔记小说”的实际含义已是“笔记类小说”，但他们还是乐此不疲地沿用“笔记小说”来论文与著史。最典型的如郑振铎先生，他在1930年写的专论小说分类的《中国小说的分类及其演化的趋

---

① 叶楚伧《中国小说谈》，《民国日报》1923年7月24日。

② 赵芝岩《小说闲话》，《半月》第3卷第14号。

③ 周群玉《白话文学史大纲》，上海群学社1928年版，第123页。

势》长文中，一方面指责《笔记小说大观》收之太滥，强调“笔记小说”丛书应当编成“故事集”，另一方面还是沿用“笔记小说”之名。他说：

> 第一类是所谓“笔记小说”。这个笔记小说的名称，系指《搜神记》（干宝）、《续齐谐记》（吴均）、《博异志》（谷神子）以至《阅微草堂笔记》（纪昀）一类比较具有多量的琐杂的或神异的“故事”总集而言；范围固不能过于狭小，内容的审查，固不能过于严格，然也不能如前之滥，将一切“杂事”“异闻”“琐语”都包括了进去，有如近日出版的通俗本的“笔记小说大观”。我们应该将他们限于“故事集”的一个标准之下，或至少须是具有大多数的故事的。所谓“琐语”之类的东西，像《计然万物录》（编者注：托名计然著，东汉时成书，原书佚，清茆泮林辑）、《博物记》（汉唐蒙）、《博物志》（晋张华）、《清异录》（宋陶谷）、《杂纂》（唐李商隐）、《幽梦影》（清张潮）、《板桥杂记》（清余怀）；所谓“异闻”之类中的《山海经》《海内十洲记》《神异经》；所谓“杂事”之类中的《摭言》（唐王定保）、《云溪友议》（唐范摅）、《北梦琐言》（宋孙光宪）、《归田录》（宋欧阳修）、《侯鲭录》（宋赵德麟）等

等，都是不能算作“笔记小说”的。[1]

在民国时期另作专论“笔记小说”的是王季思先生。他写的《中国的笔记小说》《中国笔记小说略述》两文内容大致相同。其基本意思也同郑振铎。他说：“就笔记说，凡是纯属学术的讨论与考订的，如《困学纪闻》《日知录》《廿二史札记》《十驾斋养新录》，虽是笔记，却非小说。”除此之外，笔记的“轶事、怪异、诙谐”三类中，不论所写“幻想幻觉”还是“所见所闻”，凡有故事，有人物，“最可见作者及所记人物个性”的，就是“笔记小说”。[2]

民国时期两篇有关“笔记小说”的专论，都是认同用四个字来表达笔记中的小说是一种独立的文体。这样的认知与表达实际上也反映了民国以来绝大多数的文学史、小说史作者的看法。不但如此，以后的文学史、小说史作者大都也是如此，一直到20世纪90年代所出的几本具有代表意义的“笔记小说史”，乃至目前最流行的袁行霈先生主编的《中国文学史》与袁世硕先生主编的《中国文学史》，都是将“笔记小说”理解为“笔记体小说”而不是“笔记与小说”的。苗壮先生的《笔记小说史》定义“笔记小说”时说：“以笔记形式所写的小说，它以简洁的文言、短

① 郑振铎《中国小说的分类及其演化的趋势》，《学生杂志》1930年第17卷第1期。

② 王季思《中国的笔记小说》，《战时中学生》1939年第9期；《中国笔记小说略述》，《新学生》1947年第4卷第2期。

小的篇幅记叙人物的故事。”[1]而袁行霈先生主编的《中国文学史》说“笔记小说”是“采用文言，篇幅短小，记叙社会上流传的奇异故事、人物的逸闻轶事或其片言只语”。[2]显然，他们都将“小说”之外的“笔记”排斥在“笔记小说”之外。但是，时至今日，人们在沿用这个歧义的“笔记小说”的名目时，已经很少有人再想起历史上曾经用过的“笔记体小说”“笔记式小说”“笔记类小说”这类比较确切的提法了。

从梁启超到郑振铎、王季思，到当代的文学史、小说史作者们，为什么明明心里想要表达的是“札记体小说”，要将“笔记”与“小说”区别开来，认为混入了不少笔记的《笔记小说大观》收得过滥，而最后还是没有鲜明地表示“笔记自笔记，小说自小说”，还是用了一个容易混淆视听的“笔记小说”呢？我想可能主要是汉字构词的特点所造成的。我们的汉字富有弹性，构词时常常留下了活络的空间。“笔记小说”四字，的确可以包容“笔记与小说”“笔记体小说”“笔记小说这一类小说”这三种不同的理解。谁都可以用这四个字来表达，谁都不能算错。再加上传统写诗作文，用四字构词比较上口，特别如梁启超，在为未出的《新小说》做广告时拈出了“札记体小说”，而当《新

---

① 苗壮《笔记小说史》，浙江古籍出版社 1998 年版，第 4 页。

② 袁行霈主编《中国文学史》第三版，第二卷，高等教育出版社 2014 年版，第 153 页。

小说》正式付印时，考虑与“历史小说”“政治小说”“科学小说”等并称，就略称为“札记小说”。当时在他心目中，肯定觉得这“札记小说”就等于“札记体小说”，殊不知“札记小说”也可理解成不是“札记体小说”的呢！

再看，从《笔记小说大观》问世以来，陆陆续续用“笔记小说”之名出版的一些选本或丛书，其总体数量虽不能与一些史著与研究著作相比，但其混乱的程度却非常突出。当然，其中也有一些选本或丛书用“笔记小说”或“小说笔记”之名来编选作品时，基本上都是选录了一些有小说意味的作品，如1934年江畬经编选的规模不小的《历代小说笔记选》就是一例。1949年后，如2004年天津古籍出版社出版的《唐宋笔记小说释译》就明确说，“所选篇目以故事性、趣味性的轶事为主”。对于“笔记小说”概念的辨析最为清楚的，要数严杰先生在他编选几种“笔记选”时所写的前言中说的：“笔记小说只是笔记中的一大类”；“笔记大致可以分为三类”，“第一类以记载短小故事为主”，“第二类以历史琐闻为主”，“第三类以考据辩证为主”；“把笔记划分为三大类，并确定笔记小说的范围，需要注意的是，其间界限并不是非常清楚的，只能划出大略的轮廓而已。在确认第一类笔记为笔记小说的同时，也应该承认第二、第三类中也存在着相当数量的小说。笔记小说毕竟不能算是有意识创作的产物，其中的文学成分不是很纯净的”；“我们就不便再把唐传奇当作笔记小说看待了，尽管它同笔记小说有着渊源关系”。[①] 但是，毋庸讳言，还有编选者对于“笔记小说”的概念是缠夹不清的。比如，自《笔记小说大观》之后，1978—1987 年台北新兴书局出版的《笔记小说大观丛刊》，1990 年、1994 年先后由周光培编辑出版的《历代笔记小说汇编》（辽沈书社）、《历代笔记小说集成》（河北教育出版社），1999—2007 年上海古籍出版社出版的《历代笔记小说大观》，规模都很庞大，然其所收的没有小说意味的笔记触处可见，显然它们都是受王文濡的影响，将笔记与小说混为一类的。还有的，甚至将传奇、通俗长篇小说都纳入“笔记小说”之内，如有《清代笔记小说类编》一书，其《总序》说：“全书以传奇体小说为入选重点，从清人所作的约一百五十部笔记中选取二百余位作家创作的约一千九百篇作品，按类分编成十卷。”[②]我真不知道他选的究竟是传奇还是笔记。还有的竟然将《岭南逸史》《儒林外史》这样的长篇通俗小说也归入“笔记小说类”。[③] 此外，还有不少人将“笔记小说”与从语言上分类的“文言小说”混为一谈。如江西人民出版社 1984 年出版的《历代笔记小说选》称：“我国古代短篇小说，可分为两种：一是笔记小说，一是话本小说。前

① 严杰《唐五代笔记小说选译前言》，《唐五代笔记小说选译》，巴蜀书社 1990 年版，第 1—6 页。

② 陆林《〈清代笔记小说类编〉总序》，《清代笔记小说类编》，黄山书社 1994 年版，第 3 页。

③ 《新闻报》1929 年 4 月 2 日载大华书局广告。

者是用文言写的,后者是用白话写的。”诸如此类,可见对于“笔记小说”的理解真是五花八门,难怪程毅中、陶敏等先生站在不同的角度上大呼“笔记小说”的提法“于古于今都缺乏科学依据”,[①]“造成了许多混乱”。[②] 的确,这种混乱的局面再也不能继续下去了。

如今,我们要厘清“笔记小说”这个概念,就应该既要尊重历史演变的实际,又要解开一个结。这个结,就是要在正确认识传统的“大文学观”与目录学的基础上,去顺应近现代中西文学交流下的文学观念的通变,接受新的“小说”观,从而重新审视传统的“笔记”与“小说”。我们不能简单地认为接受新的小说观就是“以西律中”,抛弃传统。事实上,中国传统的包括叙事文学观在内的文学观本身也是在不断地发展变化,对于“文学”不同于学术乃至其他所有“文字著于竹帛”者而自具特性的认识也在不断发展与深化。就“小说”而言,对于这一文体的叙事、写人、虚构等特质的认知也是在一步一步地从混沌走向明晰,所以当西方的小说观传入后就能一拍即合,相互融合,形成了一种新的“小说”文体观。20世纪以来逐步形成的所谓“小说”,乃至“笔记小说”“传奇小说”“话本小说”“章回小说”等名目,都是在立足本土、借镜西方、反复

---

① 程毅中《略谈笔记小说的含义及范围》,《古籍整理研究学刊》1991年第2期。

② 陶敏、刘再华《“笔记小说”与笔记研究》,《文学遗产》2003年第2期。

讨论的过程中形成的具有中国特色的新概念。这种新的小说文体观的确立与分类的细化,正标志着中华民族文化的进步,也显示了我们民族具有包容与消化世界先进文化的胸怀与能力。实际上,我们对于古代与西方的文化,都应该以一种辩证的、发展的、现实的眼光来看待,站在当代的、中国的、科学的立场上来接受与扬弃。承传中华民族文化的优秀精神,不是要倒退,而是要向前。假如今天不接受百年来形成的新的小说观,再将古今两种小说观搅在一起的话,"笔记"与"小说"的糊涂账将是永远算不清楚的了。

当我们辨明"笔记小说"四字的前世今生,再面对现实的发展态势,我相信将来的发展可能不用学者们过多辩说,事实上会"约定俗成"地形成这样的情况:"笔记小说"四字即表达了"笔记体小说"或"笔记类小说""笔记式小说"的意思。这已为自梁启超以来的百余年历史所证明,绝大多数小说家及文学史、小说史专家,以及多数"笔记小说"的选本、丛书等出版物,都是将"笔记小说"理解为用笔记体写成的、大致符合现代文体分类中具有"小说"意味的作品。它是"笔记"的,也就是不同于有完整故事的传奇,更不是通俗长篇之作,而是一些随意编录的零简短章;它是含有现代所理解的"小说"意味的,其核心是记事的,或实或虚,或真或幻均可,而不同于传统习用的内容没有边界、相互纠缠不清的"小说""笔记""说部""杂说"等名目了。

至于将“笔记”与“小说”混成一体的、甚至再羼杂“笔记”“小说”之外作品的“笔记小说”观，虽然在一些选本与丛书中偶然还看到，但实际数量是并不多的。而且我们还应该注意到，不少选本与丛书的选家，为了避免混淆“笔记”与“小说”，就干脆只用“笔记”之名而摒弃了因古今理解不同而容易引起歧义的“小说”两字，在《笔记小说大观》之后，就出现了为数不少的唯名“笔记”的选本，如姜亮夫编的《笔记选》（北新书局1934年版）、陈幼璞编的《古今名人笔记选》（商务印书馆1938年版）、叶楚伧主编的《历代名家笔记类选》（正中书局1943年版）、吕叔湘编的《笔记文选读》（文光书店1946年版）、刘耀林编的《明清笔记故事选译》（中华书局1962年版）、《历代史料笔记丛刊》（中华书局于1979年起编刊）、周续赓等编的《历代笔记选注》（北京出版社1983年版）、福建师范大学历史系华侨史资料选辑组编的《晚清海外笔记选》（海洋出版社1983年版）、卉子编的《中国古代笔记文选读》（四川少年儿童出版社1986年版）、偬仕编的《魏晋笔记选》（中国文学出版社1999年版）、黄飙编的《历代笔记选析》（海峡文艺出版社2015版）、倪进编的《唐宋笔记选注》（上海教育出版社2016年版）和《元明笔记选注》（上海教育出版社2018年版）等等，其中有的甚至主要或全部收的是“笔记体小说”，也宁可用“笔记”之名而不带“小说”两字了。这与1983年江苏广陵古籍刻印社重刊《笔记小说大观》的序言提到的一种看法完全相同：“笔记就是笔记，联带上‘小说’有点不伦不类，不如叫《笔记大观》为好。”[①]这的确既遵循了传统，又避开了混乱，可谓是明智之举。以后欲将“笔记”与“小说”混为一类的选家，不妨都照此办理，只用“笔记”或“说部”之类中国传统的概念来标名，恐怕不失为一条坚守传统的老路吧！

至于有时要将“笔记”与“小说”放在一起并称的，那就比较简单，只要中间加个顿号就解决了。

这样，用三种方法来表示三类本来纠缠不清的“笔记小说”，就不会相混了。我相信，历史的发展必然会继续沿着百余年来已被多数学者所认同和走过的这条道路继续前进。

行文至此，话归正传。我们打开山西古籍出版社1995年始出版的《民国笔记小说大观》，共有四辑52种，其中除《曾胡治兵语录》一编外，大致都有现代意义上的“小说”味。如今又出《民国笔记小说萃编》凡24种，已无《曾胡治兵语录》一类的笔记了，但其中有三部书也可能会产生一些不同的看法。第一部是刘成禺的《洪宪纪事诗本事簿注》。假如从传统文献分类来看，它的基本性质是一部诗注。但它是用“笔记小说”类的文字来注的，其注98篇文字编撰了丰富而生动的故事，说它是笔记体小说也应该是可以的。第二部是《寒云日记》。“日记”本身

---

① 高斯《重刊〈笔记小说大观〉序》，《笔记小说大观》，江苏广陵古籍刻印社1983年版，第2页。

就是一体。这本日记又夹杂了不少有关诗词的著录、名物的考辨等，然“日记”作为按日所记之笔记，作者又以自己作为中心，用其简约、隽永的文字，逐日记事写情，还是具有一点“小说”因素的。第三部就是缪荃孙之《云自在龛随笔》。从此书的主要成分看，实是一部学术随笔，所记多为金石书画、版本目录之学，但中间亦可见多篇记事写人、饶有文趣之作。所以这三部书，虽然显得各有一点另类的味道，但就其实，用比较宽松的眼光来看，不妨也可列于“笔记小说”之中吧。

至于其他著作，几乎都是记述一些社会生活中的大小事件、人物轶事之类，作者当时往往将它们视为“掌故”“杂史”“稗史”之类的史著，未必认同这也是“小说”。本来，在古代笔记中有小说味的作品主要是两类，一类是记鬼怪，另一类是记人事。记人事的也有虚、实之别，当然是写实的居多。凡所谓稗史、掌故、野史、琐记、轶闻等等，名目繁多，都是以记人叙事为主。在晚清民国时期，倡导科学，因而多视记鬼怪者为迷信，不少作者有意回避。与之相应，此时做笔记者大都自命其作是为了补翼正史。作者又多生于高官世家，或本身就是名流学者，熟稔朝廷内外及学界文场的种种故实，所记多自亲睹亲闻，有的还到图书馆里翻阅书刊查证。笔下虽有一些是梳理了历史上的陈迹，但最可宝贵的是触及了晚清民国时期诸如宫廷斗争、外交风波、官场倾轧、吏治腐败、名臣功过、史事曲折、遗老姿态、名士趣闻等方方面面，且多标榜信实，自诩为良史。固然，这些笔记，从作者的写作意图来看，他们主要是想写“史”，而不是要创作小说。后来的历史研究者们，引用这些民国笔记中的片段时，也往往将它们作为故实来证史。它们“史”的本质毋庸讳言。

强调信实的历史著作，与可以虚构的文学创作，从现代学科分类来看，当然是两个门道。但是，它们最重要的一个内核，即记事，是相同的。古代朝中史官之记事，当然是一件十分严肃的事情，所谓“圣人之记事也，虑之以大，爱之以敬，行之以礼，修之以孝养，纪之以义，终之以仁”（《礼记·文王世子第八》）。但后来到民间记事，就未必如此郑重其事了，所记未必都是国家大事，也有的来自道听途说，再有的加些油盐酱醋，甚至有的还故意幻设了一些故事，于是就出现了所谓“稗史”“野史”“外史”，乃至“谐史”“趣史”之类，虽也称之为“史”，但此史已不同于彼史了。更何况，就是一些纪传体、纪事本末体之类的所谓“正史”之作，所记之事，所写之人，也有的富有文学意味，人们也常将它们当作文学作品来欣赏。一部《史记》，不是在“中国文学史”著作中也有着崇高的地位吗？与此同理，民国间那些用笔记的形式，所记的大大小小的故事、形形色色的人物，不也可以当作文学中的一类“小说”来欣赏吗？

事实正是如此。我们就以颇有代表性的瞿兑之来说吧。他在民国期间大力提倡“掌故学”，其主要精神是为了在“正史”之外用“杂史”来保存与发掘真实而完整的史料。有人称他是继王国维、梁启超之后,可与陈寅恪相颉颃的"史学大师"。[①] 他认为,自宋以后,在"正史"中已找不着"政治社会制度之实际情况"了,这是因为"自来成功者之纪载必流于文饰,而失败者之纪载又每至于湮没无传。凡一种势力之失败,其文献必为胜利者所摧毁压抑"。所以治史者"为救济史裁之拘束,以帮助读史者对于史事之了解",必须"对于许多重复参错之琐屑"加以综合审核之后,"存真去伪,由伪得真",所以"杂史之不可废"。更何况到了清末,"文字之禁骤然失效,从前闷着不敢说的一切历史上疑案",人们都敢说敢写了,再加上私家印书方便,报章杂志风行,笔记杂事轶闻之作就纷然而起,以求在"史学上"做出贡献。同时,从文字表达的角度来看,他认为先前的《史记》《汉书》,"叙述一个重要人物每从一二节上描写,使其人之性情好尚,甚至于声音笑貌跃然纸上,即一代兴亡大事,亦往往从一件事故的发生前后经过著意叙述,使当时参加者之心理,与夫事态之变化都能曲折传出,而其所产生之果自然使读者领会于心。"但"后来史家每办不到而渐趋于官样文章之形式。所以然者,秉笔之人多少有一点公务的史职在身,而后代的文网较为苛密,加之私家的传说太多,不是公认的话不敢说,不是官式的史料不敢依据,因此虽然极好的史裁也受

① 周劭《瞿兑之与陈寅恪》,《闲话皇帝》,上海书店 1994 年版,第 113 页。

了限制，不能像《史记》那样活泼泼地了。”[①]所以现在他要从“杂史”中找回“正史”中早就不存在的那种“活泼泼”的文字，这也就使他们的“笔记”“掌故”等杂史之作带有了文学味、小说味。他们写的既是史著，但又可视之为“小说”了。且看其《杶庐所闻录》中有一则记张之洞曰：

> 张文襄虽主新政，而思想陈旧，亦出人意表。其在鄂督任时，公文不用新语，必苦思所以代之者。及入管学部，一日稿中偶有新名词。公批曰：“新名词不可用。”部员某年少好事，戏夹签于内曰：“新名词亦新名词，亦不可用。”次日更定上之，而忘去此签。公见而惭怒，竟日不语，遍翻古书，欲有以折之，卒不可得，乃霁颜谢焉。[②]

此短短数语，将虽主新政、思想仍旧的张之洞，围绕着“新名词”一词，对于属下批评后的神情变化，表现得惟妙惟肖。另见其《辛丑和约余闻》一则，就李鸿章签订和约事，写张之洞与李鸿章因两人所处的地位、经历不同而各持己见，各有意气，只用了一二语，即神情毕现：

---

① 瞿兑之《〈一士类稿〉序》，《一士类稿》，《民国笔记小说大观》第二辑，山西古籍出版社 1996 年版，第 17—27 页。

② 瞿兑之《杶庐所闻录》，《民国笔记小说大观》第一辑，山西古籍出版社 1995 年版，第 27 页。

> 辛丑议和之役，李鸿章一手主持，不免有徇外人之意太过者。当时急于求成，亦无人起而抗争。惟与俄国单独订密约一事，众议哗然，中外皆不以为然，卒未画押。张之洞、刘坤一争之尤力。相传刘、张联衔电李争持，实出张之手。李愤甚，电致军机处，谓："不意张督任封疆二十年，仍是书生意见。"张闻之亦惭怒，谓人曰："李相办和议事二三次，便为交涉老手耶？"①

与瞿兑之同道的有徐一士，写的笔记小说也多，他们两人一吹一唱，所持的观点完全一致。徐一士也认为笔记首先当写得"不违乎事实，而有益于知闻"，同时要有文采，"或为工丽之章，或具闲逸之致"。但在"专制之朝，王者为防反侧"，迭兴文狱，"故以当时之人而为私家之著作，处境綦难，有时饰为颂扬，良非得已。至清之既亡，则野史如林，群言庞杂，秽闻秘记，累牍连篇，又过于诞肆，楚则失矣，齐亦未为得也。"至于民初设清史馆，所编《清史稿》之类，"取材循官书文件之旧，评赞多夷犹肤饰之词"，根本无当于"史笔"。因此，他要将"有清一代，专三百年中华之政，结五千年专制之局，为世界交通新陈代谢之窍键"中的"是非得失"，"爬梳搜辑"，通过"随笔之体"

---

① 瞿兑之《杶庐所闻录》，《民国笔记小说大观》第一辑，山西古籍出版社1995年版，第194页。

来“贡一得之愚”。[1] 他自幼就好读《三国演义》《水浒传》《西游记》《封神演义》《聊斋志异》《儒林外史》《隋唐演义》《儿女英雄传》《三侠五义》等“闲书”，以听故事为乐，这种熏陶，就使他的笔记更有小说味了。其他收入此编的诸作，虽然文风有异，繁简有别，但大都如这样的一些文史兼备之作，读来皆有兴味。所以此编名之为《民国笔记小说粹编》，也可谓是名副其实，不知读者以为然否？

2022 年 1 月 2 日

---

① 徐凌霄、徐一士《〈凌霄一士随笔〉自序》，《凌霄一士随笔》，《民国笔记小说大观》第三辑，山西古籍出版社，1997 年版，第 8、9 页。

编纂凡例

《民国笔记小说粹编》，选编民国时期笔记小说名家名作，呈现民国笔记小说主要面目，以利阅读和研究。

一、命名。笔记小说是对文史掌故笔记著作的传统称谓。《四库全书总目提要》将掌故著作归于杂家及小说家等类，20世纪20年代有集古代掌故笔记著作之大型丛书《笔记小说大观》出版。至90年代，本社出版《民国笔记小说大观》凡四辑52种49册。本次整理选其精要，亦收新品，精编精校，名之曰"民国笔记小说粹编"。

二、收录范围。本丛书主要收录民国时期(1912—1949)撰写或出版过的文史掌故著作。兼收个别清末出版的重要掌故笔记，因这些清末著作实质上是民国笔记的先声，对民国笔记的繁荣发展起过巨大的推动作用；但只限于其作者为入民国后仍从事创作活动并有相当影响者。丛书所收民国笔记均在万字以上，个别有特殊价值的不受字数限制。

三、排版、文字。简体横排。

四、点校、加注。凡有多种版本的，择一善本为底本，他本作参校，需要时出校记；手稿或单一版本的采取自校。整理时原则上保持底本文字原貌，异体字一般统一为规范字（涉及古地名、人名、译名等的字不在此限），凡明显错讹缺衍之字、词，均做改正并加以标示，符号为：原稿残缺或无法辨识的字用“□”标示；错别字后跟改正字外加“（ ）”标示（以下情形不做标示：人名前后不一致的，径改为正确人名；词形不一致，原文即混用的，直接统一改为现代汉语规范字，如“看作”“看做”统一改为“看作”）；缺脱字直接补充字外加“〔 〕”，衍文外加“〈 〉”。丛书正文不加注释，需特殊说明之处，做脚注，或于导言中予以说明。

原书未分段、标点者，均分段并以新式标点标点。如有整段引文或整首诗词等，亦分段。

特别说明：书稿中用语、用字、用法具有时代特征，与现行规范不合的，保留原貌，如“的、地、得”的使用；“右述”“如左”等原有格式标指文字，保留原貌；特殊的公文（如法律条文等），原文未标点，保留原貌；音译外国人名、地名等，保留原貌。

五、撰写导言，拟小标题。本丛书每部书前均由编者撰以导言，对作者生平、版本流变及内容特点等予以简介。对未予随事标题之笔记，凡有条件者，均酌情拟小标题（此种情况须在导言中说明），以便索引及阅读。

六、原书中有“胡清”“发逆”“拳匪”“蛮”“夷”等歧视性称谓，以及某些不当观点，为保存原著全貌，保存原著作者观点，均未予删节或更改，特此申明。

由于时隔久远、资料不足，加之其他种种原因，本丛书虽纠正了原著诸多误载，但绝难尽善尽美，敬希读者予以指正。

民国笔记小说粹编编委会

2022 年 2 月

目　录

蜷庐随笔

导言 …… 3

王伯恭先生传略 …… 6

一　光绪甲申朝鲜政变始末 …… 9

二　吴武壮 …… 16

三　袁项城 …… 17

四　李文忠 …… 21

五　马眉叔 …… 22

六　科举丛话 …… 24

七　江苏学政刻试牍 …… 28

八　论书法 …… 29

九　作字用紫毫 …… 29

一〇　书法铺毫与裹锋 …… 30

一一　六朝书法 …… 30

一二　陆抗墓砖砚 …… 31

一三　购书 …… 31

一四　宋人小说 …………………………………… 32
一五　《姜白石集》 ……………………………… 32
一六　《西楼帖》 ………………………………… 32
一七　唐人双钩 …………………………………… 33
一八　明人笔记 …………………………………… 33
一九　臣瓒姓薛 …………………………………… 33
二〇　赝书画 ……………………………………… 34
二一　砖塔胡同小班 ……………………………… 34
二二　胡宝玉校书 ………………………………… 36
二三　清季两义伶 ………………………………… 36
二四　正阳门关(辟)四孔 ……………………… 37
二五　秦淮风物 …………………………………… 38
二六　西湖 ………………………………………… 38
二七　烂柯山 ……………………………………… 39
二八　鸦片 ………………………………………… 39
二九　淡巴菰 ……………………………………… 40
三〇　福靖船主关瑞堂 …………………………… 41
三一　李绿宝 ……………………………………… 43
三二　天长县署之幕友男化为女 ………………… 45
三三　民妇一产七男 ……………………………… 45
三四　鬼学 ………………………………………… 46
三五　乙卯辛酉北京两风灾 ……………………… 46
三六　黄桐生之见鬼 ……………………………… 47
三七　政变月日之巧合 …………………………… 47

三八　家风记 …… 48
三九　何贞老 …… 54
四〇　金明斋秀才 …… 55
四一　潘文勤师 …… 55
四二　潘翁两尚书 …… 59
四三　刘棣仙 …… 63
四四　姚石泉同年 …… 64
四五　戴文节 …… 64
四六　何廉昉先生 …… 65
四七　张小浦丈 …… 66
四八　宋忠勤 …… 68
四九　王壬秋年丈 …… 69
五〇　李莼客侍御 …… 69
五一　八指头陀 …… 70
五二　易实甫 …… 70
五三　勒省旃明经 …… 71
五四　李文石观察 …… 71
五五　顾印伯大令 …… 71
五六　李梅庵提学 …… 72
五七　吴子修太史 …… 72
五八　吴䌹斋编修 …… 73
五九　文廷式 …… 73
六〇　陈御三编修 …… 74
六一　吕秋樵 …… 74

六二　郑祝君 …… 75
六三　张寅伯师 …… 76
六四　吴康甫二尹 …… 76
六五　吴鹤舲 …… 77
六六　杨小斋大令 …… 78
六七　陈逸耘秀才 …… 78
六八　余文凤孝廉 …… 79
六九　谢石溪广文 …… 79
七〇　朱曼君 …… 80
七一　秦澹如 …… 80
七二　雷亚公明经 …… 80
七三　宫岛大八、中岛裁之 …… 81
七四　尹元仲舍人、厚庵司马 …… 82
七五　汪子侨孝廉 …… 82
七六　吴董卿、王义门 …… 83
七七　戴子开观察 …… 83
七八　马伯良 …… 84
七九　宫子猷 …… 84
八〇　赵声伯 …… 85
八一　裴伯谦 …… 85
八二　张云门孝廉 …… 85
八三　程小江 …… 86
八四　周尼述茂才 …… 86
八五　邱履平 …… 86

八六　江竹浦 …… 87
八七　张栩人运使 …… 87
八八　张文襄 …… 88
八九　王觉生 …… 89
九〇　徐菊人 …… 89
九一　姜桂题 …… 90
九二　周峋芝 …… 90
九三　赵次帅 …… 91
九四　姚颂虞 …… 92
九五　李小峰 …… 93
九六　冯焌光 …… 93
九七　康有为 …… 94
九八　吴楚生 …… 95
九九　沈愚溪 …… 96
一〇〇　载漪 …… 96
一〇一　载泽 …… 97
一〇二　载涛、载洵 …… 97
一〇三　袁克文 …… 98

趋庭随笔

导言 …… 101
自序 …… 102
一　文彦博喜接近少年 …… 103
二　欧阳修论琴帖 …… 103

三　赵舒翘为官之道 …………………………………… 104
四　孙渊如三教论 ……………………………………… 105
五　十位相马名家 ……………………………………… 105
六　管子察人标准 ……………………………………… 105
七　荆公之议 …………………………………………… 106
八　张孝达忌用新名词 ………………………………… 106
九　康有为学凡四变 …………………………………… 106
一〇　韩愈议贾耽等人 ………………………………… 107
一一　刚毅奏保周莲龙 ………………………………… 108
一二　江春霖参劾袁世凯 ……………………………… 108
一三　访碑涞水、易县 ………………………………… 109
一四　别解朱子论荆轲 ………………………………… 109
一五　西陵谈片 ………………………………………… 110
一六　袁世凯挽赵秉钧 ………………………………… 111
一七　梁星海哭梓宫 …………………………………… 111
一八　屈翁山赠顾宁人诗 ……………………………… 112
一九　常朗斋未尝一日安居山乡 ……………………… 112
二〇　如此游山复何趣 ………………………………… 112
二一　宋朝宰相享高寿者六人 ………………………… 113
二二　余蛮子打毁教堂 ………………………………… 113
二三　朱竹石目盲而才干过人 ………………………… 114
二四　为学当以开阔心胸为先 ………………………… 114
二五　明末有两女总兵 ………………………………… 115
二六　奇秀之山在在有之 ……………………………… 115

二七　潘侍郎妻有明识 …………………………… 116
二八　先儒说诗近乎鄙俚 ………………………… 116
二九　以纸寓钱始于何人 ………………………… 117
三〇　乔茂萱不畏强御 …………………………… 117
三一　华佗外科手术质疑 ………………………… 118
三二　取名忠奴、孝奴有深意 …………………… 118
三三　说道学 ……………………………………… 118
三四　柳仲涂轶事 ………………………………… 120
三五　胡邦衡盛誉 ………………………………… 120
三六　男子拜不能两膝齐屈 ……………………… 121
三七　陈湜挽联 …………………………………… 121
三八　恶人耳语 …………………………………… 122
三九　胡馨吾不忍用佳砚 ………………………… 122
四〇　胡馨吾轶事 ………………………………… 122
四一　蔡乃煌诗钟传闻 …………………………… 123
四二　《新谈往》颇多失实 ……………………… 123
四三　登山临水不必斤斤辨证 …………………… 125
四四　成都名丑趣闻 ……………………………… 125
四五　王阮亭《秋柳诗》解疑 …………………… 126
四六　李如松丑行 ………………………………… 127
四七　张怀芝为荣禄激赏 ………………………… 128
四八　周善培挽方玉亭 …………………………… 128
四九　王阮亭、张鹏翮过桥诗 …………………… 129
五〇　戴醇士开罪穆彰阿 ………………………… 129

五一　六书异说 …………………………………………… 130
五二　宋云甫为政 ………………………………………… 130
五三　姓氏辨证 …………………………………………… 131
五四　李远破于诗句 ……………………………………… 132
五五　骆文忠与左文襄 …………………………………… 132
五六　项城起用 …………………………………………… 133
五七　首开经济特科种种 ………………………………… 133
五八　日本菖蒲最盛 ……………………………………… 134
五九　《古诗十九首》一议 ……………………………… 135
六〇　传子时代犹有公天下 ……………………………… 136
六一　李文忠不拘礼法 …………………………………… 136
六二　博雅者戒 …………………………………………… 137
六三　李白十八字墨迹 …………………………………… 137
六四　徐市之误 …………………………………………… 137
六五　卖国求荣者戒 ……………………………………… 138
六六　不嗜杀人者能一之 ………………………………… 138
六七　冯君辅雅量卓识 …………………………………… 139
六八　杜业妻奇妒 ………………………………………… 140
六九　尽去五通神 ………………………………………… 141
七〇　梼杌疑为饕餮 ……………………………………… 141
七一　藩宣失其职 ………………………………………… 141
七二　阎朝邑荐人 ………………………………………… 142
七三　小学大迷，小慧大愚 ……………………………… 142
七四　推命术 ……………………………………………… 143

七五　文网摘谈 …………………………………………… 143
七六　服硫黄者非韩退之 ………………………………… 144
七七　王维诗辩 …………………………………………… 145
七八　邵伯温论温公荆公 ………………………………… 145
七九　钱竹汀谈诗 ………………………………………… 146
八〇　咏息夫人诗 ………………………………………… 147
八一　王阮亭《过豫让桥》诗 …………………………… 148
八二　王佩文多次自杀 …………………………………… 148
八三　王佩文卧轨丰台 …………………………………… 148
八四　诵唐诗为易实父欣赏 ……………………………… 149
八五　刘先主遗诏督教后主 ……………………………… 149
八六　沈公重视人才 ……………………………………… 150
八七　吾顶已红,不求以血染 …………………………… 150
八八　严范生做证人 ……………………………………… 151
八九　三人记女子有别 …………………………………… 151
九〇　子不必步父后尘 …………………………………… 151
九一　某君妙文一则 ……………………………………… 152
九二　因座次高下面责主人 ……………………………… 153
九三　题壁诗 ……………………………………………… 153
九四　某寓公警句 ………………………………………… 154
九五　主试官所问匪夷所思 ……………………………… 154
九六　论历代操利柄为国计者 …………………………… 154
九七　要奸之附会 ………………………………………… 156
九八　联句《满江红》 …………………………………… 156

九九　“养相体” …… 157
一〇〇　子苍义利论可谓明通 …… 157
一〇一　理财归公抑或理财归私 …… 158
一〇二　史思明妙诗 …… 159
一〇三　财政庙佳联 …… 159
一〇四　司马相如不慕高爵质疑 …… 159
一〇五　宓子贱、巫马期为政比较 …… 160
一〇六　下不安者，上不可居也 …… 160
一〇七　李克观士五法 …… 161
一〇八　大夫为政不能不盗 …… 161
一〇九　《后出师表》疑伪托 …… 162
一一〇　阿妃终身不与郗昙言 …… 162
一一一　有两条最为精审 …… 162
一一二　双忽雷传奇 …… 163
一一三　赠蔡元定诗 …… 164
一一四　风鉴不可凭 …… 165
一一五　余不信看相 …… 165
一一六　易庵说余有清气 …… 166
一一七　得失与气色何关 …… 167
一一八　宋人议论如同呓语 …… 167
一一九　闺秀诗罕学 …… 167
一二〇　张相升二语切中今日之弊 …… 168
一二一　肺石由来 …… 168
一二二　堂子神曲来 …… 169

一二三　《管子》语与宋儒之旨 …………………… 171
一二四　泥古礼笑话 ………………………………… 171
一二五　以公款媚东朝 ……………………………… 172
一二六　肃顺获咎 …………………………………… 172
一二七　帝王威力胜于儒生空论 …………………… 172
一二八　《鬻子》乃伪书 …………………………… 173
一二九　治河手段不一 ……………………………… 173
一三〇　清廉如游文者稀矣 ………………………… 174
一三一　张南轩父镇定于军 ………………………… 175
一三二　倚卓考实 …………………………………… 175
一三三　论刘潜夫诗 ………………………………… 175
一三四　文士不择言 ………………………………… 176
一三五　史可法论从逆之罪 ………………………… 176
一三六　眺远斋命名索解 …………………………… 177
一三七　眺远斋门外横额 …………………………… 177
一三八　强赓廷狷介 ………………………………… 178
一三九　傅怀祖志行高洁 …………………………… 178
一四〇　八旗子女有异性乱宗者 …………………… 179
一四一　汪荣宝哀启 ………………………………… 179
一四二　朱文正公迷信之至 ………………………… 180
一四三　石守道作《三豪诗》 ……………………… 180
一四四　扬子云与张伯松 …………………………… 181
一四五　娄子柔寿申文定文 ………………………… 181
一四六　马端临、俞正燮论春秋决事 ……………… 182

一四七　董仲舒未忘进取 …………………………… 182
一四八　刘备、诸葛亮诫子皆用《淮南子》语 ……… 183
一四九　《兰亭帖》落水本 ………………………… 183
一五〇　未刊之《唐书注》 ………………………… 184
一五一　刘蓉自矜 ………………………………… 184
一五二　衣裳之说 ………………………………… 184
一五三　谁为首功 ………………………………… 185
一五四　岑云阶开罪李莲英 ……………………… 185
一五五　《乌夜啼》乐府 ………………………… 186
一五六　绝世发明 ………………………………… 186
一五七　但做官,少说话 ………………………… 187
一五八　岳韩并称,韩非岳匹 …………………… 188
一五九　朱竹垞清节 ……………………………… 189
一六〇　于少保冤杀案众议 ……………………… 189
一六一　于式枚七律四首 ………………………… 190
一六二　延平郡王祠联 …………………………… 191
一六三　相宅较旧相墓为古 ……………………… 191
一六四　语病 ……………………………………… 193
一六五　文人纪载浮而不实 ……………………… 193
一六六　士大夫固闭 ……………………………… 193
一六七　记南下洼怪物事 ………………………… 194
一六八　张廉卿初见曾文正 ……………………… 195
一六九　论古文义法 ……………………………… 195
一七〇　老儒杜了翁 ……………………………… 196

一七一　张佩纶不足观 …………………………… 197
一七二　为火车送行 ……………………………… 197
一七三　勇而不当大乱天下 ……………………… 198
一七四　汪勃调官拜秦桧 ………………………… 198
一七五　殿下、阁下、足下解 …………………… 199
一七六　《李娃传》指李勉说 …………………… 199
一七七　桐油入水池荷死 ………………………… 199
一七八　桐城派古文称盛京师 …………………… 200
一七九　古人难进易退,今人易进难退 ………… 200
一八〇　冀国夫人祠联 ………………………… 201
一八一　冀国夫人祠由来 ………………………… 202
一八二　潞公不依条例,莱公不用例 …………… 202
一八三　有襟抱方可言黄诗 ……………………… 203

蜷庐随笔

王伯恭　著

导　言

《蜷庐随笔》是清末民初名士王伯恭所撰的著名笔记。初载《小说月报》第九卷第七期，后由阚铎出版单行本，线装铅印，不分卷，标“无冰阁”，无定价及出版日期，当是赠送本。书前有阚铎写的《王伯恭先生传略》，对作者的生平业绩予以评述，其中提到袁世凯称帝的事，则此书当出版在1916至1920年之间。

王伯恭出身江苏盱眙的名门望族，承续家学，博览群书，尤得力于《朱子小学》。少年即受何子贞先生赏识。之后，相继入吴长庆、宋庆、张之洞幕，并以翁同龢、潘祖荫等朝中显要为师，与晚清重大事件亲历人物都有深切交往。故本书记述，什九为亲闻亲见，其中“光绪甲申朝鲜政变始末”“吴武壮”“袁项城”“家风记”“潘文勤师”数则，都是第一手资料，殊为重要；又有“潘翁两尚书”一则，写潘文勤、翁文恭二人，在微言之中见出轩轾：

光绪中，吴县潘伯寅、常熟翁叔平两尚书，皆以好士名，潘公断断无他，尤为恳到，翁则不免客气。潘公不好谄人，客至无不接见，设非端人正士，则严气正性待之，或甫入座，即请出；翁则一味蔼然，虽门下士无不答拜，且多下舆深谭者。此两公之异也。

王伯恭早年在吴长庆幕中即与袁世凯交往，相处几十年，对袁氏为人的阴险狡诈、好大喜功有深切体会，本书“光绪甲申朝鲜政变始末”“袁项城”“潘文勤师”等则多有揭示，暗示他本人与袁世凯的种种恩怨。

本书述及的清末名士尚有马眉叔、戴文节、张小浦、王壬秋、姚石泉、李莼客、易实甫、文廷式、李梅庵、张文襄、康有为、八指头陀等数十人，所述大多是王伯恭与之亲身交往的经历，弥足珍贵。

王伯恭作为著名书法家，于书法也多有真切见解，其中有“论书法”“六朝书法”“《西楼帖》”“唐人双钩”“作字用紫毫”等则，宜为艺林人士重视。其他记科举如“科举丛话”，记伶人如“清季两义伶”，记风情如“秦淮风物”，记宗室如“载泽”“载涛”“载洵”等，皆有可观。

王伯恭久为名人幕客，潘祖荫视他为魏晋间人物，可见其为人风度，而王也颇以此自居，故本书评述人物颇似《世说新语》。如“潘文勤师”一则云：“当戊戌变法之前，梁启超过武昌投谒，张（之洞——编者）命开中门及暖阁迎之，且问巡捕官曰：‘可鸣炮否？’巡捕以恐骇听闻对，乃已。”讽刺张之洞“过人”的“势利”，可谓入骨三分。“袁项城”一则又述国人的健忘，也属精彩之见，令人想起鲁迅讽刺的国民健忘症。然而作为旧朝遗老，王伯恭在本书中颇表露出种种守旧思想，如在“淡巴菰”一则，对林则徐戒烟，颇致微词，称其“正人而刚愎成性，欲尊国体，反以辱国，欲保主权，反以丧权”，把责任推在林则徐身上，并株及此后“谈洋务者”，显然是片面见解。

本书原分五卷，据阚铎称，原本藏尹石公处，而刊印本乃为节本。因不得见原本，本次出版依据文海出版社《近代中国史料丛刊》（第二十四辑）之《蜷庐随笔》进行整理，加标题序码，其余体例一尊原作。

张继红

王伯恭先生传略

先生原名锡鬯，字伯恭，亦字伯弓，后名仪郑，字公之侨。宣统初，因避御名，以字行。王氏故盱眙名族，其尊人芾南先生荫棠，官浙江温处道。先生年十四，为何子贞所激赏。光绪壬午，李文忠公奏派先生与马相伯赴朝鲜，应其国王之聘。东渡后，以先生参议军国事务。时吴武壮公注（驻）军汉城，项城袁公领庆军营务处，南通张季直及范肯堂、周彦升，泰兴朱曼君，均在吴幕，先生颉颃其间，一时称盛。越三载，辞归。丙戌谒潘文勤公于京邸，初见即诧为“今日得见魏晋间人”，且许为“今之王景略”。先生有朱文小印曰“今略”，即指此事。戊戌三月，旅顺为俄罗斯所占，宋忠勤以毅军移驻牛庄，招先生入幕，相得如家人。戊子举于乡。庚寅官国子监学正，秩满改外，为湖北宜昌府通判，旋入张文襄公幕，调署归州知州，并办府河口及应城厘金。辛亥国变，避地沪上。壬癸之际，佐张栩人治两浙盐运事。及项城就总统职，先生适以他事北来，项城乃招之入幕，致廪饩。旋由统率办事处改隶陆军部，充秘书。先生为学，自《朱子小学》又

（入）手，于书无所不读，并通汉宋之郎，留心经世之学，工诗、古文，尤嗜汪容甫、鲁通甫二家，文不加点。潘文勤公谓似雪苑辟疆。有《蜷庐诗集》□□卷，文集□□卷，《蜷庐随笔》5卷（此刊乃节本，不分卷，手写原本尚在尹石公处。）在南学日，校勘《初学记》《艺文类聚》。工书，纯用紫毫笔，四十以后，得宋拓阁帖临之，顿改旧观。又得《拟山园》初印本，爱其生涩，刻意摹仿，寸缣尺纸，人争宝之。辛酉冬，卒于京师，年六十□，无子。有女□人，长适吴县褚某，次适婺源江福孳。

阚铎曰，挽近自命跅弛不羁之材，大抵高自位置，视天下如无物，甚且非圣无法，使人不可向迩。先生蚤负盛名，当代巨公，倒屣仄席，而先生恂恂儒雅，绝不露材扬己。其周旋诸将，亲若家人，而砥厉廉隅，一介不苟，遂使世人，不敢以名士为诟病，殆以《朱子小学》为入德之门，故动循定检，确乎不拔，有自来矣。持论谅直，绝不以私废公，于翁常熟，虽系师弟，而于其不慊于李文忠，遂不惜以国家为孤注，极力主战，致有甲午之役。每一论及，叹息痛恨，不稍回护。民国四年，以他事北来，项城闻之，亟加罗致，谓先生原名为某某，左右皆愕然不知，且言此君素性不治家人生产，厚糈徒滋浪费，但谋稻梁（粱），俾获温饱足矣。一时士论，多先生不轻干谒之介节，尤感项城之眷怀旧雨捐弃前嫌也。先生诗文，不役役于格调，而取径极高，摛辞极雅，信手拈来，都如宿构，殆有生知之慧，绝非困学可几。犹记先生在宜昌日，梦中得句云“飞辔骋高荷”，其胸次之爽朗，真不食人间烟火矣。先生负经国大猷，平生雅不欲以文苑自域，乃有才无命，徒以书名震溢，夺席安吴。易箦之岁，手书春帖曰“儒冠误我，年矢催人”，亦可想见其侘傺也。

一　光绪甲申朝鲜政变始末

光绪壬午之冬，余奉合肥相国奏派，偕马相伯舍人往朝鲜，应其国王之聘。时吴军门长庆率六营，驻防汉城，书记朱曼君、张季直诸人，皆与余相得，曼君尤笃。袁慰亭司马时权营务处，慰亭为笃臣年伯之子，而端敏之侄孙也。端敏治军临淮时，先伯父在其幕中，故有世谊。余时居新南营，在汉城新王宫之左，慰亭居三军府，相去仅数十武，朝夕恒得相见。慰亭少余二岁，弟畜之，其居三军府也，盖与吴帅不甚水乳，藉为朝鲜练兵之名，遂别树一帜。其为朝鲜练兵，则以战事之后，朝鲜人仍以刀槊对敌。慰亭讽国王以讲求武备，于是王以五百人属其督练，慰亭欣然受命，延一王姓，新自德国归者，为之教习，终日在大院中排班进退。慰亭凭几观之。余亦时得寓目焉。朝鲜民气谨懦，视上国如帝天，虽见中国商人，亦无不懔懔。慰亭使译者传谕五百人云，中国练兵，非汝国儿戏比，苟不听约束者，立刻军法从事。五百人咸股栗听命。每日操演时，王教习持鞭睨其侧，呼曰："左足起！"五百人悉举左足，高下如一，有参差者即挥鞭痛扶，步伐进退前后左右如之，举枪放响亦如之。教练甫半月，慰亭请国王及吴帅阅操，居然可观，国王大悦。吴帅赏战衣人各一袭，于是慰亭有能军名，国王且咨合肥，谓其才可独当一面云。

朝鲜国王之本生父名罡应，素以闭关为主，国王名熙，王妃闵氏。王素惧内，妃喜亲日，于是国中分为两党，罡应之党为守旧党，闵妃之党为开化党，两党水火，各不相入。守旧者多老成，开化者多新进，此自各国所同。又两党相争，自古迄今，未有不君子败而小人胜者，斯亦天道剥复之理，有莫之为而为者矣。

光绪壬午朝鲜之乱，由于新旧两党相争，旧党以大院君为首，即国王之本生父也；新党以闵台镐为首，国王之妻兄也。王惧内，惟妇言是听，大院君迂朴，极恶通商，国之端人正士，及绩学老儒，皆群焉奉之，以为泰山北斗。闵妃姝荡自喜，见日本所来之器用什物，无不奇技精巧，绝爱慕之，故亟愿互市，国王亦喜新厌故，耽弄游戏，与妃志同道合。国之少年新进，佻仕轻薄者，争趋附之，以为识时之杰。台镐，固妃之化身也，读书好古，开化亦非所乐，称为党首者，屈于势耳。顾大院君当国年久，威权尚在，又为王之生父，虽以王之尊崇，不能强以相就，而旧党之粗率者，遂不免有排外之举。外人知朝鲜为我属也，群向合肥责言，合肥乃奏遣马建忠前往莅盟通商，遣吴长庆前往平乱。抵朝鲜时，其大臣金宏集、鱼允中等，咸谓大院君在，恐无通商之理。建忠遂与长庆商定，趁大院君答拜时，阳以饮馔款之，而以酒食犒其从者于别室，潜令提督黄仕林，拥大院君于舆中，急派兵士舁之，驰往马山浦，登兵轮还国，安置于保定，以为罪人斯得，是诚可讶矣！

朝鲜既互市，其国王以不谙交涉为言，遣其表兄赵大辅国宁夏字惠人来津，咨请派员往治其事。合肥商诸眉叔，以其兄相伯往（建常后改名良），以余佐之，并遣德国人穆麟德同行。是时，游学美国之学生初次回国，眉翁择二人随往，一为唐绍仪，一为吴仲贤。

方东渡时，合肥告相伯曰："诸君此去，第可言往应朝鲜之聘，切不可谓我所奏派，恐日本援例，反为不美。秘之！秘之！"相伯遂与余相戒不言，亦告赵惠人同守此义。

余在汉城时，公事减少，恒与慰亭相接，其与人来往私函，咸托余代笔，而飞书草檄之事，则皆茅少笙任之。或有上行文书，慰翁不以为然者，亦倩余润改。少笙明知之，每以为笑，而与余交好，亦不见怪也。慰翁知余辞王回国，请余入幕助之，情意坚切，余亦允许，而少笙密向余言："此君万不可与久处，仆行将弃而他往，君忘程仲清事乎？"余闻而悚然，乃托词回国复来，盖已决计不就矣。

朝鲜既与各国互市，亦仿中国，设立总署，名曰"统理各国通商事务衙门"，又在王宫内设一"统理军国衙门"，盖仿中国军机处之制也。马相伯与余东渡后，国王下教，以相伯协办通商事务，以余参议军国事务，以德人穆麟德督办海关事务，以唐绍仪、吴仲贤为海关委员。不数月，相伯以与朝鲜政府议事不合，辞归。越三载，余亦辞之返国，而以唐、吴两生荐与慰亭。

朝鲜之与各国通商也，约章署大朝鲜国大皇帝。余见之，惊问赵惠人曰："此岂藩属之词？"赵曰："此合肥相国之意，相国命以此称。仆对相国言：'小邦何敢僭称？'相国曰：'尔邦乃中国属国耳，对外洋自合如此，故定章如是。'余窃讶之，然不敢置喙。"马眉叔当时莅盟者，亦言他日必受其误也。

朝鲜大院君既在保定，中国士大夫多往慰问者。或曰："通商之事，各国皆然，公胡独异？"答曰："小邦不可与上国比。小邦地小人少，闭关自守，犹惧不免侵轶，若更与各国互市，是速其亡也。且上国与外洋通商数十年矣，蒙未见其利也。"又某翰林往慰者，以文王羑里况之。大院君走笔答曰："不敢当，不敢当。文王古圣王也，何可以况夷虏？且今上圣明，非桀纣比乎。"翰林咋舌而退。

朝鲜甲申之乱，一时重臣，悉为乱党诛死，慰亭皆优恤其家。仓猝无钱，借军饷为用。事定，禀请合肥作正开消，合肥批斥之，谓该管带纯以银钱买结韩人之心，实属荒谬，所请著不准行。且札饬吴兆有，责令该管带借用之饷，照数赔补。慰亭之叔子九观察，复寄函痛训之，令速为赔缴。而是时新与日本订约，同时撤防，以后遇有事故，彼此知会，同时进兵，不得私出军队。于是慰亭交卸营务回籍，所借兵饷，则售产以偿之。次年，驻韩通商委员陈茇南观察病归，合肥复奏派慰亭为驻韩通商委员，属人招余相助。余方在京课徒，又将从盛军于小站，遂辞而不往，而茅少笙亦于是时依刘铭传于台湾，仅吾友吴晓北往应其聘。慰亭解兵柄绾商务，非其好也。朝鲜国王又聘姚赋秋继余之任，姚、袁至不相洽，朝鲜驯以多事，至甲午后，遂亡其国矣。

中国人之健忘，极可笑叹，而贻祸君国，几召灭亡，尤可骇痛。甲申朝鲜之乱，中日定约，同时撤防，以后有必须出师者，彼此知照，同时进兵，不得一国背约私出军队。订约时朝旨派吴大澂、续昌前往莅盟，乃吴、续二公到汉城后，韩人问其有无全权，答曰无之。韩人曰："既无全权，不得与闻。"吴、续二公，以此进退维谷，难于复命，乃谋于项城，觅得其稿阅之，遂据以返报。时清卿为帮办北洋大臣，彦甫亦官待（侍）郎，项城方以同知保升知府。吴、续二公德项城，欲与通谱，称兄弟，袁不敢承，乃以师礼待二公焉。防军撤后，项城以管带改为通商委员。戊子、己丑之间，项城电告合肥，谓朝鲜已潜降俄罗斯，降表为其逻得，请速派海军提督丁汝昌，率战舰往问其罪。合肥忘甲申中日之约，遽电丁提督东渡，而丁方巡海至长崎，兵士与日警相争未解，不能奉令即往。事又旋为韩人所闻，国王遣其参判李用俊奉表来京，辩无其事，且谓降俄系袁伪造云云。政府久以朝鲜事专责合肥，不更为计，而合肥又以彼中之事，偏听项城，以此国王虽有表章，亦置不理。自是韩人与项城，遂不相能。复遣李用俊来华，辇金以求撤袁，而合肥复忘光绪八年与朝鲜订约，互派通商委员，如有不合，彼此知照，立即撤回之条，以项城为所保荐，回护前奏，终不肯易，且疑朝鲜人之不免诡诈也。是役以丁汝昌未率舰队往讨，日本人初无闻知，故能相安无事。至甲午夏，项城电告合肥，以朝鲜新旧两党相争为乱，汉城岌岌，请速派兵往平。合肥仍不记前约，奏派直隶提督叶志超，率众赴之。而提督聂士成，自请先往详探。闻吾礼闱报罢，属其幕友李谷生入都，请吾同往，以吾曾客朝鲜，与其国士大夫多相识，或可访得其实也。余谓事本无奇，可以一电安之，不劳动众。谷生言行期已定，不可中止。余谓既如是，幸毋多带兵卒，吾将归省，不克偕往，君其善为我辞。又吾闻叶军门顷以洪荫之为军师。洪虽北江先生之曾孙，其人兼夸诈阴险之长，吾丙戌春，与之同寓勒省旃上海寓中，相处二月，深悉其底蕴，烦告叶君，未宜倾心待之也。叶统兵至朝鲜，初无乱事，项城曰："公归，韩人又蠢动矣，请姑驻兵平壤，以坐镇之。俟人心之大定，再班师可也。"项城见洪荫之极为倾倒，荫之亦不欲遽去，因怂恿叶公暂驻平壤。平壤者，箕子故都，尚有井田，为朝鲜通国胜境，官妓尤多。叶公至，征歌选舞，顾而乐之，将老是乡矣。而日本闻叶提督率兵入其国，大惊，以为轻背前约，是必将夷为郡县也，因议大出师与中国争。事为合肥所闻，亟奏请撤戍。而是时张季直新状元及第，言于常熟，以日本蕞尔小国，何足以抗天兵，非大创之，不足以示威而免患。常熟韪之，力主战。合肥奏言不可轻开衅端，奉旨切责。余复自天津旋京，往见常熟，力谏主战之非，盖常熟亦我之座主，向承奖借者也。乃常熟不以为然，且笑吾书生胆小。余谓临事而惧，古有明训，岂可放胆尝试。且器械阵法，百不如人，似未宜率尔从事。常熟言合肥治军数十年，屡平大憝，今北洋海陆两军，如火如荼，岂不堪一战耶？余谓知己知彼者，乃可望百战百胜，今确知己不如彼，安可望胜？常熟言吾正欲试其良楛，以为整顿地也。余见其意不可回，遂亦不复与语，兴辞而出。到津晤吾友秋樵，举以告之，秋樵笑曰："君一孝廉，而欲与两状元相争，其凿枘也固宜。"

甲申九月，余有事返上海，甫登岸，即闻朝鲜大乱，逆臣洪英植与其驸马朴泳孝，钩串倭人，瓜分八道，谬告国王云"中国兵变"，诱王至别宫，招日本兵护之。又矫王令，传见执政大臣之忠鲠者，至即斩之。一时各国使臣，皆杜门自卫。中国防营，虽知有变，而无人传告，亦不敢轻出兵队，惟擐甲以待。遣人诇察，则宫门紧闭，消息不通。民人之围绕宫外者，殆近数万人。忽见赵宁夏之首级出，同声惊号，争以头触宫墙。墙圮，见倭兵百余人，持枪外向。慰亭所练之五百人，亦在其中。吴兆有见事已急，率三营驰往救之，洪英植令五百人放枪相拒。此五百人哗曰：吾身著吴老帅所赐之军衣，今反击吴老帅之兵乎？各以枪仰空发响，于是中国军士始鱼贯而入。顾未知国王所在，遍觅不得。慰亭曰："国不可一日无主。王有侄，年七岁矣，吾辈当共立之。"兆有闻而大怒，拟掴其面，遂向军士叩头曰："我等在朝鲜，专为保护国王也。如王无寻处，我即死于此间，不出宫矣。诸子弟宜努力！"

军士齐声应命。旋有人报，顷见国王尚在后苑小屋中。兆有立刻率三营官及茅少笙驰往。国王已改倭装，将逃矣，盖英植等绐其以中国人造反也。王见兆有等大骇，欲起避，兆有伏地大哭，且为之叩首。王知无他意，心始安。兆有请王移至慰亭军中避乱，王诺之。英植在侧力阻，兆有趁势扶王出，少笙亦手挽英植同行，拟擒其到军正法。甫及阶，倏有韩人自阶侧挥利刃斫之，首堕，少笙跳而免。王既至副营，日本公使竹添光鸿，闻信遁还本国。是役也，微兆有在，国即亡；若用慰亭改辅幼主之策，国亦亡。是时余适还上海，后遇少笙，详为余言。

二 吴武壮

慰亭虽领庆军营务处之虚衔，而既为朝鲜练兵，便须别立门户，幕中不可无人。商诸吴帅，吴遣书记茅少笙、纪雨农、陈石斋三人佐之。少笙名延年，雨农名堪沛，石斋名长庆。少笙笔墨敏捷，智识通达，自以吴帅旧人，而慰亭只是营务处委员，甫经代理营务处耳，且年少新进，何所知能，吾名为之佐，合当代为主持。而慰亭则谓此三人者，既为我之书记，即为我之属下，自当听我指挥。于是二人积不相能，雨农、石斋独兢业自守，不露圭角。

甲申之夏，吴小轩军门奉诏撤防，仍酌留数营戍朝鲜，乃以吴兆有统三营驻汉城，小轩本以副营为座营。至是以慰亭为副管带，与张仲明、方铭三两营皆归吴兆有节制，而合肥念及慰亭，曾为国王保荐，特加委为营务处兼会办朝鲜防务，并委茅少笙为提调，札文殊未分明。而慰亭则谓是委以北洋之营务处，其会办则谓为会办朝鲜国王，辄自称本会办，几忘为副营之管带者，于是又与兆有不协。而少笙复言，李相既然相知，委为提调，设有便宜，吾即可径上禀牍矣。慰亭阅之，尤不快，然无如之何。

三　袁项城

程仲清者，名絜，皖南尚斋都转之族，与余固有乡谊。粤东张制军树声，函荐小轩军门，到汉城时，小帅已移戍金州，乃寄居慰亭营中。一日清晨，仲清冒雪来访，谓承慰亭荐，往军国衙门做书记，月修三十金，吾意欲得四十金，又住所尚未议定，求君加言培植。余闻大喜，答以军国衙门止我一中国人在彼，君来做伴甚妙，增添十金亦非难事，住所更可勿虑。吾桂山洞赐第八十余间，君来同居，亦自宽绰，饮食所需，吾可供应。仲清闻吾说，欣喜过望，因留之围炉小饮，向夕始去。吾匆匆忘问其慰翁系向何人推荐，因函问慰亭，乃答书云："敝友程仲清承推毂，感极感极。"余见而大诧。次日亲往问之，慰亭曰："吾恐其不能胜任耳。"余言初无难事，况吾在彼，讵不关助？慰亭亦唯唯，留吾清谭竟日。又次日，余问李浣西参判，答言袁公曾略言之，未深说也。余告以程君人甚端正，慰翁再说，可即允许。房屋即住我处，不必另寻。浣西亦漫应之。越三日无消息，余因函招仲清来，拟令其催问慰亭，比去人归，则仲清已于昨日趁宝清轮船回广东矣。咄咄怪事。逾数日得信，宝清船沉于海，全船无一生者。又月余，上海报载徽州程君已做波臣，其母夫人闻耗惊痛，自楼上跃下跌死，其妻睹此惨状，自缢而亡。仲清固无子，其家遂绝。慰亭见报后，哀而祭之，余亦往会，因叹谓慰亭曰："君若多进一言，何至罹此浩劫。"慰亭慨然曰："此实吾之褊心，为彼来求我，何故又复求君，彼既求君，吾即置而不问。"余不觉忿然曰："君若早说不问，我非不可荐者，真乃害人不浅！"慰默然无语。他日见茅少笙，偶然道及是事，少笙亦忿然曰："君尚未知耶？慰亭得君函后，往告仲清曰：'吾已为君荐妥，不意王君娼嫉心重，向其执政诸臣，大肆诋毁，事遂不谐。'于是仲清一怒而去，置而不问，犹饰词耳。"余闻是言，无可更说，惊骇而已。

中日和约既定，恭亲王一日问合肥云："吾闻此次兵衅，悉由袁世凯鼓荡而成，此言信否？"合肥对曰："事已过去，请王爷不必追究，横竖皆鸿章之过耳。"恭亲王遂嘿然而罢。是时项城在京，虽有温处道之实缺，万无赴任之理，设从此罣误，心知不甘。忆昔在吴武壮朝鲜军中，以帅意不合，借题为朝鲜练兵，因祸为福。此次师故智，正合时机，乃招致幕友，僦居嵩云草堂，日夕译撰兵书十二卷，以效法西洋为主。书成，无术进献，念当时朝贵中，惟相国荣禄，深结主知，言听计从，顾素昧生平，无梯为接。侦知八旗老辈有豫师者，最为荣所信仰，又侦知豫公独与阎相国敬铭相得，阎为路闰生入室弟子，又申以婚姻，非路氏之言，不足以动之。因念路氏子弟有在淮安服官者，家于淮安，而项城之妹夫张香谷，系汉仙中丞之子，亦家淮安，必与路氏相稔。遂托香谷以卑礼厚币，请路辛甫北来，居其幕中为上客，由辛甫以见阎文介，由文介以见豫师，由豫师以见荣文忠，层递纳交，果为荣文忠所赏。项城遂执贽为荣相之门生。而新建陆军以成，驻于小站周刚敏盛波之旧垒。但项城初不知兵，一旦居督练之名，虽广用教习，终虑军心不服，于是访求赋闲之老将，聘为全军翼长，庶可以镇慑军队。适淮军旧部姜桂题，以失守旅顺革职，永不叙用者，正无处投效，闻小站新军成立，径谒军门。项城见而大喜，遽以翼长畀之。桂题亦不知兵，惟资格尚深耳。项城更说荣相，以五大军合编为武卫全军，以宋庆为武卫左军，以袁世凯为武卫右军，以聂士成为武卫前军，董福祥为武卫后军，其中军则荣相自领之，兼总统武卫全军。荣相乐其推戴，且可弋取统属文武之名也，德项城甚，有相逢恨晚之感。复用项城之策，令诸军各选四将，送总统差遣。比至，令此十六人者各用一二品冠服，乘马在舆前引导，荣相顾盼自喜，以为人生之荣，无过于此。吁，何异儿童儿戏之见哉！

乙未之冬，程军门文炳营中有自称善符咒，能避枪炮者。项城方创新建陆军于小站，闻其名，向程乞之，谓将聘为教习。程曰："此虽有小验，特儿戏事耳，恐不足以临大敌。"项城请之益坚，程君乃遣应其招。初至，以手枪试之，良验，聚诸将试之，皆无伤，军中惊以为神。项城待为上客，问授自何人，则以某仙某佛对。并言同道数十人，散布各处，将广收门徒，以备荡灭洋人。项城大喜，谓当遍请宾客，同观奇技，果始终无误。拟请大府据实奏闻，必可恩赏官职，以壮声威。其人亦喜跃欢忭。项城因普请津地大小文武各官，往小站赴会，到者百有五十余人。有一客愿立手状，设或身死勿论，并觅保结。索诸各营，有与同乡而兼远亲者一人，令之作保。随命三十人持后膛枪向之开放，轰然一声，其人倒卧于地。客愕问所以，项城曰："此诈耳，决无妨。"呼人视之，返曰："目尚未闭，面有笑容。"项城曰："何如?"已而仍卧不起。再呼人视之，又返报曰："口角流血矣。"命解衣验之，则胸腹凡有十七洞，人实死矣。众宾皆起，项城亦无他语。酒罢，宾客悉散，项城以五百金畀其乡人，为之棺敛，而恤其家焉。旋有人谓此乃八卦教之余党，嘉庆朝奉旨严禁者。项城乃求得其全案读之，始悉其源委，故后来项城为山东巡抚时，陈奏义和拳事，较他省为详。丙申正月，吾应宋祝三之招，道出天津，正值小站请客验阅之后，一时传为笑谭。何意三四年之后，津沽盛传义和拳之气势，直若中风狂走，不可遏抑者，宁非怪事?固知滔天之祸，关乎气数，而中国人之健忘，亦可略见一班矣。

四　李文忠

甲午中日战后，合肥爵相罢为通商事务大臣，维时总署，惟张樵野一人主政，余皆伴食。合肥往，亦默坐不作一语，委蛇进退而已。一日，法国公使至署，责问曰："贵署订购枪械，与吾国议定，将签字矣，何以改购他国之物？出言不信，是与邦交有碍，虽开衅亦必争。"张公噤不一语，诸大臣在座，皆瞠目相对。法使哓哓不已，合肥徐曰："君误矣。吾订购器械，乃买卖也，与邦交何涉？买卖者，以价廉而便利者为主。今彼国之货，实廉于贵国，故改订之。设再有他国更廉于彼国者，吾又将改订，彼国亦不得过问也。且吾所以径与议订者，以与贵国尚未签字也。空言议论，讵可牵入邦交乎？"于是法使亦无言而去。

戊戌、己亥之间，合肥爵相在京，门可罗雀，忽放两广总督，盖天意未欲遽亡中国，留此一老，为他日议和地也。庚子年拳乱初起，端王、刚相矫诏通电各省，招募义和拳，以驱逐各国洋人之在中国者。时盛宣怀管全国电报事，得诏，首电寄合肥，且取进止。合肥复电云："此乱命也，誓不奉诏。"于是盛以此电并廷寄统电各行省，事遂不行。合肥旋电奏云："拳不可恃，衅不可开；北望觚棱，日夜痛哭。"刚毅见而大骂，谓此等媚外汉奸，非尸诸市朝不可。合肥为北洋大臣时，知今日国势，非兴立海军不足以自强，乃用马建忠之策，建船坞于旅顺口，设海军提督，购置兵轮，广筹海军经费。规模甫定，而朝廷辄以此项经费，移作颐和园工程。合肥屡争不得，往往咨嗟扼腕。继念年已七十，苟从容坐镇，以平生威望临之，当得晏安无事，初不料有甲午之役也。

光绪中，合肥建议创办海军，因筹海军经费无虑数千百万，乃朝廷悉以之兴修颐和园，其拨归海军者仅百分之一耳。翁大司农复奏定十五年之内，不得添置一枪一炮，于是中国之武备可知矣。

五　马眉叔

光绪甲申，中法开衅时，上海招商局马眉叔为总办，恐海舶往来，多有窒碍，以此局本系购自旗昌洋行，不如仍畀该行暂管之为善，电禀合肥照准。于是江海各局各商轮，悉改悬美国旗帜。乃京师清流诸公，哗然忿骇，以为马建忠得外洋数十万金钱，擅将招商全局卖与外人，而数百万之国帑商本，皆付流水。盛宣怀素忌眉叔，潜以私函遍达执政，力为证之。执政诸公，无不嫉眉叔之主张洋务，败坏国事，又以盛宣怀科第世家，其言可信，此等佥壬，非尸诸市朝不可。众口一谈，行将奏请提解，惟以合肥所举，投鼠之忌，尚在迟疑。常熟尚书谓区区之事，不劳大举，姑电饬该员来京，当面诘问，如有不合，即刻论斩，免得合肥哓哓救护，反致误事。众皆谓然。遂由常熟一人出名电召。眉叔闻信，即行到京上谒。常熟详问原委，眉叔具言两国相争，商船改悬他国之旗，此自各国通例。盖海道往来，敌人见之，必用炮击，货物不足计，商客何辜？改旗自护，殆非得已。且卖局于人者，得人之财也，今我实以自有之财，聘用他国之人代为经理，不得便为交易。常熟问将来尚可归还否？答言何日停战，何日即可还原。常熟又言，倘不如说奈何？又答此何敢欺？某有全家性命在。常熟正色曰："既如此，汝姑回沪，苟他日不能取回，国法将不汝贷，非洋人所能护也。"眉叔唯唯而退。过天津，见合肥告之。李曰："吾尚在讥谗中，何况尔乎？吾辈值此时，惟委蛇观变而已，余无可言也。"是时余方自朝鲜来沪，招商局虽挂洋旗，局中司事者仍皆旧人，照常办事，他分局之总办，及江海各船之帐房，亦仍旧贯，惟增美国八九人，在总局指挥耳。眉叔仍日日到局，余恒诣局访之。次年和议成，即日龙旗高挂，烜赫如前，江海各船亦同日更易。而政府终以眉叔为不可恃，加派盛宣怀为招商局督办，合肥亦无如之何，而眉叔遂不能久于其位矣。

光绪壬午，余在杭州，得丹徒马眉叔观察建忠书，招往天津。时外舅吴沅卿亦在杭州，以本年乡试不可误，商之叔父，留课诸弟读，乃函谢马公。是年朝鲜初与各国互市，合肥相国请于朝，以马建忠莅盟，吾友吕秋樵增祥、姚赋秋学欧两君随往，皆得异常劳绩，叔父殊悔尼吾之行。余谓天下事会方来，此固不足为意。比余秋试报罢，马公复有书相招，遂遵海而北。

六　科举丛话

国朝定制，取士之法，乡会试外，优行选拔两途为贵。优行三年一次，选拔十二年一次，优则各省人数不同，吾皖每次六人，选拔则各省每学一人，似难实易，而优行则似易实难。道光癸卯，吾皖所举之六人，皆在皖北，尤为佳话。第一为泗州邓贤芬，次则桐城许廷宾、天长戴金榜、定远凌焕、合肥李鸿章、盱眙汪根兰。

科名得失，自学道者视之，初无轻重，而文人学士，则以为身心性命，且媢嫉忮刻，俨若仇敌，可笑亦可叹也。山阳鲍小山桂生，与同邑丁颐伯寿昌同学相得，文名亦相埒。道光己酉，同应选拔试，颐伯得隽，小山怒与绝交。僧忠亲王督师时，小山在其幕中，诬讦丁氏通匪，将罹不测。时丁俭卿封翁方在家做寿，闻讯，杜门谢客，听候拿办。一时中外搢绅，惊骇援救。祁春浦、倭良峰两相国尤为出力，故得无恙，亦殊险矣。溯厥祸源，仅区区一明经之得失耳，心术鄙倾至于如此，吁可畏哉！

光绪丙戌会试，吾友刘丹庭启彤入闱后，邻号有乐亭刘培者，倩其捉刀，润笔颇巨，丹庭欣然允之。试毕，索观场作，诸友谓其文不佳，丹庭复以代作之艺与阅。或曰："此似可。"比榜发，丹庭高中，而刘培竟得会元。及闱墨出后，丹庭大惶恐，虑其友或举发之，极词祈恳始已。迨覆试，培居榜末，一时纷纷巷议，禁中亦有所闻。殿试时，有旨刘培著在后殿应试，而竟夤缘监场王大臣为之传递，亦奇闻矣。朝考引见后，刘培以中书用，计其先后所费殆近二十万金。然其人实敦厚君子也。时人作联语嘲之云："三场文字，本属无凭，所奇者忽而榜首，忽而榜尾；八旗眼光，已经有限，又添了一个老东，一个老西。"京师向呼山东人为老东，山西人为老西，是科总裁除旗员二人外，一为山东孙毓汶，一为山西祁世长。

阳湖汪子渊学瀚，楷法端整，时人推为大卷王，谓其黑大肥圆，可以问鼎也。戊子年元旦，梦见天榜状元汪姓，名作古老钱式。醒后自思曰："老泉者，苏明允之别号，天其命我改名应梦乎？"乃更名洵，己丑礼闱复报罢。至壬辰计偕，考寓与吾咫尺。放榜日，蹀躞来访，言子平家谓其四十八岁再不中，则终身无望。今适四十八岁矣，午后尚好音寂然，不觉涕流满面。吾笑慰之而已。上灯时，始得捷音，而殿试在二甲末。朝考列三等，例当外得县令，乃往见许星叔，谓不得翰林，当蹈东海以死。许力劝之，允为设法，汪固许之侄婿，许正为军机大臣也。比得旨，果以庶吉士用，而每届试差，皆考而不得，遂终身卖字自给，不更入都。岂非升沉有命耶？其字固无精采，篆书亦平庸，再阅数十年，世无知之者矣。

光绪以来，极重朴学，乡会试第三场策问，自顺天、直隶两省外，咸以实对为能，然皆携带书籍入场，从无白战者。吴县潘伯寅尚书，尤以实策为取士之准，余尝问公："此皆钞胥也，何为独重此选？"公曰："吾正欲看其钞书耳，凡作家所钞，必与庸俗不同。"因又问公带书当以何等为善？公曰："此正难定。惟以平时用功者带入为妙，若素昧生平，虽多无益。"公又言："策有五道，未必能悉对无漏，亦断无五策皆空者。同治癸酉吾为主司，适有人以新刻《水经注》见赠者，因带入闱，以为闲中消遣，比三场出题，偶取书中疑义问之，而通场无一答者，岂僻书耶？君如不信，试问今之名翰林王莲生，彼时渠在场屋，曾答我一字否乎？"相与抚掌一笑。

殿试之制，新进士对策已毕，交收卷官，封送阅卷八大臣阅之。收卷官由掌院学士点派，皆翰院诸公也。光绪甲午所派收卷，有黄修撰思永，比张季直缴卷时，黄以旧识，迎而受之。张交卷出，黄展阅其卷，乃中有空白一字，殆挖补错误，后遂忘填者。黄取怀中笔墨为之补书。此收卷诸公，例携笔墨，以备成全修改者，由来久矣。张卷又抬头错误，"恩"字误作单抬，黄复为于"恩"字上补一"圣"字，补成后送翁叔平相国阅定，盖知张为翁所极赏之门生也。以此张遂大魁天下。使此卷不遇黄君成全，则置三甲末矣。

甲午阅卷者，张子青居首，次为麟芝庵，次为李兰荪，翁叔平居第四，志伯愚则第八也。向来八大臣阅卷，各以其人之次序，定甲第之次序，所谓公同阅定者，虚语耳。是科翁师傅得张季直卷，必欲置诸第一，张子青不许，几欲忿争。麟芝庵曰："吾序次第二，榜眼卷吾决不让，状元吾亦不争。”高阳相国助翁公与南皮相争，谓：“吾所阅之沈卫一卷，通场所无，今亦愿让状元与张，幸公俯从。”南皮无可如何，乃勉如翁意，其所定之状元，改作探花，以麟公不让榜眼也。一甲既定，乃议以沈卫列传胪，高阳曰：“如此隹（佳）卷，不得鼎甲，更欲传胪何为？不如位置在后。”时已晏，内廷催进呈十卷，而传胪未定，难以捧入。群公因高阳一言，皆默不作声。志伯愚起曰：“吾所阅一卷何如，能滥竽否？”南皮略观，即曰甚好，于是吴竹楼昂然为二甲第一矣。

科名得失，固有前定，东坡恨失李方叔，未尝不为美谭。同考阅卷，安得普荐。光绪初，陆凤石相国尚官修撰，某科会试，派为同考。榜后同僚聚饮广和居，酒半，忽有某部郎昂然闯入，指陆大骂，且掴其面。其人强有力，陆殊狼狈，同席诸君骇愕争救，良久始解。问其何故粗卤，摇首不答，挥泪悢悢而去。有识之者，始知是科试卷为陆所摈，乃忿而出此，亦可哀而可丑矣。

刘忠诚为秀才日，省试仅一次，为江西黄令房荐，批语颇为推挹，而主考弃之。此本至常，刘则以为终身之恨。二十年后，刘以军功官至江西巡抚，昔为主考者，适由知府保升道员，在赣省候补，方充要差。刘莅任，首撤其差，谕令听候察看，不许远离。而访得黄令，久经罢归，乃具舟遣使迎之，相见执弟子礼甚恭，且聘为通省大小书院之掌教。黄力辞，以事非一手一日所了。刘曰：“先生自可倩门人子弟代为评阅，不必果劳尊也。”黄因屡为某主考解说，刘言门生向来恩怨分明，今固未褫其官，但令其闭门思过耳。刘官赣抚十年，某主考竟以忧悴卒，黄年近八十始逝，刘升江督后，尚时通竿椟也。

科举之制，始于隋唐，至明洪武中，始以八股取士，国朝因之，特小有变通耳。光绪癸卯，张香涛入都召对时，面奏取士之法，非变不可，今试聚天下之文人才子，与臣校其得失，臣虽年老，尚不在人后，若与入校十日之学生相试，臣则谢不敏矣。太后惊曰："信如是乎？"于是饬下张之洞，订定学堂章程，而科举之法，遂扫地以尽。

七　江苏学政刻试牍

张香涛为湖北学政，刻试牍为《江汉炳灵集》，皆樊云门增祥一人所作，非庐山真面也。其文犀利新颖，最为当时称颂。比黄漱兰为江苏学政，仿其例，刻《江左校士录》，丐范肯堂当世为文，而加以朱曼君铭盘之诗赋，亦风行一时。后余房师溥玉岑先生良官侍郎时，放江苏学政，亦欲踵而行之，属余为文，而属张季直为诗赋。余问季直已允否，师言已成赋两篇矣；余又问有无润笔，师言未计及此。余因言恐不能成，此光绪癸巳冬日事。次年季直得大魁，此事遂废，而余亦仅为作得时文四篇耳。已而师受代去，竟刻成试牍四巨册，余取阅之，皆浅陋之算学及粗浮之经解。此直高阁中物，何苦灾梨祸枣，不如其公子毓少岑为吾皖学政，不刻一字，为善藏拙也。

八　论书法

文字工拙，如精金美玉，市有定价，不容意为轻重。然今人耳食者多，初无真识，固未可据为典要也。石公言，近时扬州人谬赏余书，谓与其购买吴让之，不如得王某之为善，甚有谓吾临《拟山园》，直青过于蓝者，此何异痴人说梦，徒令吾皇恐而已。

丙辰之冬，余居京师宣武门外大街，偶写春联云："帘前春色应须惜，门外车声为底忙。"一时见者，颇以为工，不知余以张船山句对唐人，虽胜原句，固无此体裁也。原句为"世上浮名好是闲"。

余不幸，少时即谬得书名，其实无足取也。盖彼时专用羊毫，不免甜俗之病，间作六朝体，亦多习气。年过四十，始得宋拓阁帖临之，顿改旧观，又得《拟山园》初印本，爱其生涩，刻意摹仿，渐可自立。书虽小道，固非潜心用功不可，惟吾性疏易，往往信笔粗率，此亦病也。昔潘文勤讥李芍农，笔笔作千秋想，谓其过于矜持也，然真欲求名，固当如是。

九　作字用紫毫

古人作字，皆用紫毫，无用羊毫者。国朝如王梦楼、刘石庵，皆用健毫，至包慎伯、何子贞、吴让之诸君，始以羊毫临池。慎翁更力诋裹锋，专主铺毫，谓之万毫齐放，其实由于笔力太弱，而屋漏折钗之法，遂荡无复存矣。

一〇　书法铺毫与裹锋

余尝谓书法铺毫与裹锋，不可偏废，铺毫始于分隶，裹锋则源于篆籀。且折钗股者，铺毫也；屋漏痕者，裹锋也，必铺毫中有裹锋，裹锋中有铺毫，斯为得之。

一一　六朝书法

道光以来，盛行六朝书法，包慎伯首开其先，自任为坛坫之主，门人吴让之、吴礼北辈，益衍其绪。让之尤擅场，其论书法，力诋裹锋，专以铺毫为贵，所著《艺舟双楫》，固详言之，然持论殊不公平。浙人赵㧑叔、陶心云，皆写六朝，而绝非包氏之法。心云笔力劲洁，惜不免做作；㧑叔纵弛自喜，而涉笔成趣，亦自可爱，但皆非正法眼藏耳。京师有张明儿者，学㧑叔书，惟妙惟肖，市上所有㧑叔字迹，大率明儿之赝作也。吾友周仲明写龙门造像，入能品，而自书则拙劣不入格。近人亦多好六朝体，而笔笔战掣，直魔道耳。

一二　陆抗墓砖砚

余性喜蓄墨蓄砚，数十年来所藏遂多，在应城时，佳砚大小十余方，悉付辛亥劫灰。上年见合肥龚治初有祝枝山所藏宋澄泥大砚，求之不得，吾弟季达闻之，以东吴陆抗墓砖琢砚相赠。研长尺余，旁刻凤皇三年，抗盖卒于是年也。季达昔客襄阳，得此砖于二陆城。二陆城者，在宜都境，为孙权赐陆逊之地，后人名之为二陆城耳。抗墓即在城外。同治九年，江汉奇灾，大水啮其墓，土人重修，窃五砖藏之，此其一也，至今土人有能言之者。季达得此，甚矜贵，远以遗余，不啻百朋矣。砖质极坚，而不渗墨，可宝可宝，暇当刻数字于其上方，传示子孙。

一三　购书

三十年前，余在扬州喜购书籍，恒典质从事。星北见之，辄曰："吾不劝兄买书，惟劝兄读书耳。"此言殆不知吾者，吾亦不怪也。近来尹石公常见我手不释卷，谓可比古之袁伯业。伯业吾何敢望？第数十年由博反约，实亦粗有所得，与从前用功迥异。玩星北昔语，亦未可厚非也。

一四　宋人小说

尹石公昨以宋人《京本通俗小说》两帙送览，盖宋刻而新付石印者，大致主于劝惩，而宋时社会情形，略可概见，远胜近人所译西洋小说。

一五　《姜白石集》

尹石公携《姜白石集》四册见示，谓厂肆求售者中，多吾之印章题识，疑吾所失之书，验之良是。问其价，则索至四十元，可谓奇昂矣。此书原只一册，坊贾衬钉为四本，加以布套，不知当日吾买此书，仅费一金也。石公言，坊贾固不知王某为何人，但告以王某批校之书，现时颇有行市，可笑也。石公又言，近有人在上海购得吾所圈批之《毛刻三唐人集》，系用五色笔，亦仅四册，而购价至二百元云云，尤为奇诞。此亦辛亥乱时在应城所失也。

一六　《西楼帖》

《西楼帖》，最为有名，亡友刘铁云竭数年之力，始得两册，端午桥制军续得四册，即古人所谓东坡书髓者。端公遇难后，帖为徐菊人所得。徐付石印，以一部赠张葆斋，张赠塔式古，塔复遗余。然吾前在姜颖生案头见《西楼帖》印本，较此尤精，谓系罗振玉在日本所印，不识即此本否？颖生物故，是帖遂失，无由并几对观矣。

一七　唐人双钩

戊戌三月，在翁文恭师座上，见硬黄双钩六巨册，签题“唐人双钩”四字，纸质厚而且滑，略似内府蜡笺，所摹皆晋贤诸帖，浓淡先后，笔笔可见，假非题作双钩，直可认为亲笔。古人言双钩下真迹一等，洵不诬也。是日又见王觉斯擘窠长卷，亦精绝，非世间所常有。

一八　明人笔记

明人笔记，忘其书名，并忘作者姓字，二十年前见于溥玉岑师案头。抄本六巨册，前明三大案，及魏阉客氏诸口供，皆详载无遗。又大都钞撮原文，不加论议，足可正全史，若刊印流传，亦可为多闻之助。

一九　臣瓒姓薛

臣瓒注《汉书》而不得其姓，问人亦无知者。偶读《水经注》，有薛瓒注《汉书》云云，为之大快，古人所谓开卷有益也。

二〇　赝书画

自海岳以赝作书画名，中国之作伪者，遂日新月盛，以吾一身所见者，已不胜优孟虎贲之感。曩在刘铁云处，见《米老神先告梦》卷子，中有火烧一小孔，后多元明以来名人题跋，纸色墨色，古味盎然，信为真迹。后在他处又见一卷，与此丝毫不爽，其火烧之孔，隔水之绫，以及后幅题跋，押缝图章，一一吻合。最后杨友三又持一石本来，阅其火孔及诸题字，无不相符。后又见铁云所藏岳武穆所书《前出师表》，其剥落处亦与张刻正同，而原本自在张亮基制府家，张尚有《后出师表》，刘则无之耳。此外所见相同之书画，不一而足，疑必有人能为古人之双钩廓填者，乃克臻此神技，然鉴赏二字，益难言矣。

二一　砖塔胡同小班

京师西四牌楼砖塔胡同，向皆小班所聚，似妓非妓，专以歌曲侑酒，概不留髡，故名曰“清吟小班”。游客大率王公贝勒，退朝时往往有朝衣朝冠而至者，小饮闲坐而去。南城士大夫往游，则置酒宴客，流连竟夕，天明始散。盖必日出始可开城，而正阳门则丑刻专为趋朝者开放其半，又许入不许出也。大凡游客至，阍者导入客座，呼媪婢出应客。媪婢至，向客屈膝为礼，问有无相识，答以无之，乃导入内堂，延诸女出见，亦皆屈膝为礼。若指定一人，则请至私室小坐，装饰修洁，亦如书舍，非卧室也。端坐侍侧，周旋和蔼，不作一狎语，客或出语粗疏，则面赪驰出矣。枯坐无味，不得不议酒食。余壬辰年初次往游，识天顺班小玉，问酒赀例需几何，答言多寡悉听客便。余捡十金畀之，小玉问两席乎，余曰一席耳。小玉又问延几客，余告以宾主五人。小玉又笑言安用如此之多，费三金足矣。余执不可。小玉曰，然则四金已嫌稍丰，此非外间比也。及入座，则山珍海错，堆盘盈几席，未及半已尽醉饱。小玉复笑曰："何如?"盖厨役实报实销，绝不丝毫沾润也。散后，赏厨役二金，更酬小玉四金，咸屈膝称谢。小玉约我频过其居，且言不必动须饮馔，亦无须多费钱。余问何以自利，答言：君不见王公少年乎？此辈只知挥金售富，盈千累百，在所不惜，吾侪亦乐得受之。巷中同业十余家，皆各有护法之人，无不以钱争胜。若文人墨客，安得如许多金乎？余又问，男女相悦，人之情也，不结欢喜缘者何说？答曰："亦有之，必往来已熟，情投意合，乃可通好。"余因问缠头何如，答曰："无之。若收夜度赀，不如为娼矣。"余复问："王公少年必多相契。"小玉握手曰："此辈皆贱相，愈深闭固拒，愈思亲近，其囊中物滚滚来矣。若一与结缘，则视同婢妾，或勒逼入府，便是自入火坑，反不如士人之可以谈笑任情脱略形检也。"余虽闻是语，终觉歉然，不肯常往。后闻天顺一班，为奭召南以数万金将其班中三人扫数买去，天顺遂至闭门，亦一时之豪举矣。庚子拳乱后，砖塔胡同诸小班，一律闭歇，而城外娼寮多妄称清吟小班，真可谓婢学夫人矣。

二二　胡宝玉校书

胡宝玉校书，在同治时即负艳名，余光绪初识之于沪上。校书雅善修饰，年虽三十，而雾鬓风鬟，顾盼自喜，狎客犹争趋之。初无车马冷落之感，缠头蓄积颇富，起居饮食，益务豪侈。后十余年，有浙人陈友兰，聘为大妇，校书欣然嫁之，忘其一身将老，陈尚翩翩少年也。又阅数年，校书所蓄十二万金，悉为陈攫，衣饰亦尽，乃借故与之离异。而校书不知自量，犹狃昔日盛名，倚门张帜，或在天津，或在汉口，到处困顿。昨闻其尚在上海，倩人媒嫁，不知谁能娶此七十老妪，痴妄可笑，其末路亦可悲矣。

二三　清季两义伶

偶见近人所撰《常惺惺斋笔记》，中有清季两义伶事：一为路三宝收敛杨豫甫，一为五九送别张樵野。此两伶吾皆识之。五九秦姓，名稚芬，其祖五十九岁稚芬始生，故乳名五九。饰青衫，有名于时。张樵野尚书眷之，为其买屋娶妻，广收门徒，姚佩秋、唐采芝辈，皆其弟子也。樵野得罪，稚芬往送，樵野强其同至戍所，稚芬以寡母无依，难于相从，又不欲显拒，乃送至正定府，只身潜返，闲居奉母，恒与名士周旋。尝求余为书八尺大屏八幅，宝贵当至，有人愿以三百金易之，稚芬靳不与也。乙卯冬，余重来京师，门巷顿异，过韩家潭稚芬旧宅，则改为杏花春饭庄矣。问稚芬踪迹，则在医院中，其母死矣；问稚芬何病，则风魔也。辛亥冬，清廷逊位诏下，稚芬一恸而绝。比其复苏，腾身跃起数十次，从此目不知人，惟极口大骂袁世凯不止，历数年不愈，此诚奇伶矣。笔记中语焉不详，且有误处，故备纪之。

二四　正阳门关（辟）四孔

京师正阳门，惟跸路所经，始一开启，平时惟从两掖门出入。其依附两掖之隙地，贾人设小市肆，在东曰东荷包巷，西曰西荷包巷，屋小于舟，栉比鳞次，百货所集，金碧辉煌。其货物以刺绣为多，故名荷包巷，喧阗萃处，犹有辽金之风。庚子拳乱，正阳门灾，两巷遂为灰炉。后稍葺治，未及修复，遽以铁路改筑车站，廓而平之。至民国初，毁去两掖，改辟四孔，以便车马，自此陵迁谷变，帝京风物，不可复睹矣。

二五　秦淮风物

南京城郭宏阔，周回七十余里，风物幽雅，虽频经兵燹，而六朝烟水气，终未消亡。余于同治癸酉年初应省试，寓磊功巷快园，在乌衣巷之南，去文德桥甚近，每当夕阳西下，挈小舟，泛秦淮，泊丁字帘前，隔岸笙歌，中流箫鼓，取澹心《板桥杂记》读之，风流胜赏，如在目前。时距洪杨劫后，未及十年也。光绪末，科举制废，秦淮风景顿异，淮清桥畔，几至巷无居人，酒纠录事，率以下关旅馆为藏身之所，金陵遂为污秽之场。不知更几何年，始复当时气象，此可为世道之感也。

二六　西湖

杭州西湖之胜，今古艳称。同治乙丑，余随宦至浙，其时大乱初平，马谷山为巡抚，蒋芗泉为方伯，杨石泉为廉访，杭州太守则薛慰农也。诸公提倡风雅，润色湖山，实为一时之盛。孤山林处士墓外，岳坟、于墓及苏小小青诸墓，皆增饰之，一时骚人墨客，游赏无虚日。后数年，彭雪琴侍郎建退省庵于钱祠之右，年必往居数月，俨为管领。而薛慰农、俞荫甫两君之门人，或建薛庐于凤林寺之后，或建俞楼于仰苏楼之侧，游观之美，照耀一时。迨光绪中叶，官浙者皆俗吏，而杭之诗人文士，大率远客他省，于是大好湖山，听其颓废。富家翁或买地建屋，如刘庄，如高庄，如杨庄，如廉庄，非不精美，而主人既俗，遂无可观。余去杭三十年，重过其地，偶寻陈迹，则吴山寺院，已非从前。出涌金门，则湖舫制度，多作洋式，只瓜皮小艇，差强人意耳。西湖十景，惟雷峰夕照，景色犹存，南屏钟声，尚有遗响，余则狼狈朽坏，不堪著眼矣。问薛庐遗址，已无人知，可胜太息。

二七　烂柯山

衢州城外烂柯山，即仙人王质观棋烂柯处。同治丁卯，余年十一，侍先公往游。山顶有一巨孔，前后洞达，遥望山状，如一秤锤，左右刻石甚多。山孔纵数十丈，横十余丈，足容数百人。中有石几石墩，可供对奕。当时余曾仿《赤壁赋》，作《游烂柯山记》，先公见之，颇蒙欢悦。今五十余年，原稿久佚，昨梦随侍先公重过其地，依依仍如儿时，忽为晨鸡唤觉，俯仰今昔，不禁泫然。

二八　鸦片

项城为大元帅时，吾在统率办事处做秘书，军务倥偬，间一日即须值宿。人静后，鸦片气息，触鼻皆是，而遍觅又无踪迹，询诸差官，则笑而不答；再问始知前后左右，皆横陈客也。是时公府烟客，男女不下三百人。

鸦片之害，人尽知之。光绪初马建忠奉命往印度，与其政府商订禁运之策，该国以全国财政悉赖于此，万不肯承。马君以其无可磋议，奋然曰："吾国向有禁种之令，既若是，惟当弛禁便民耳。"印人闻而大恐，复召国会，另筹生财之道，以减鸦片之运，期五十年减尽。订约而返，朝议以此事有损国体，顿毁前约。今四十年矣，愈禁愈多，吸者亦愈众。洋人虽与订禁烟之约，其实捆载而来者，反十倍于前。又加以吗啡之毒，其害较鸦片尤甚，而洋人获利，则较前不知若干倍蓰，而中国之搜查罚办者，日必数起。究之所搜所罚，皆穷苦小民也。军人之捆橐而来者，不敢过问也；军官之张灯吸烟者，亦若罔闻知也。且非独军官，即官秩稍崇，身膺权要，亦明目张胆为之，警察皆熟视无睹，甚且派人保护者矣。

二九　淡巴菰

淡巴菰即烟草也，始于塞外，渐入内地，前明时严为之禁，吸者置重典。满洲入关后，此禁始弛，然固无所害，东三省及蒙古、朝鲜，人人吸之，后乃遍行中国，几与茶酒等视。乾隆时阿片兴于粤东，盖由印度而来，然皆富人嗜之，不能遍及也。吸者面瘦肩耸，其形如鬼，生育道绝，虽悔恨欲戒，而有所不能。迨后国人得其种制之法，刮莺粟浆为之，香味无异，价亦顿廉，吸者亦渐广，而其害较轻于印度所产，面不瘦，肩不耸，生子亦如常人，顾印度商贩来者，岁不少减。至道光中，林则徐为两广总督，遂兴鸦片之狱，鸦片即阿片音转也。林正人而刚愎成性，欲尊国体，反以辱国，欲保主权，反以丧权。迨林得罪去，继其任者，惩林前失，益务媚外，国事遂不可问。而金田之乱，亦即由是而生。至今谈洋务者，动以林为戎首。庸臣误国，此固不能为林讳也。

三〇　福靖船主关瑞堂

余从军旅顺时，南北洋兵船多在船坞中。福靖船主粤人关瑞堂庆祥，与余至相得，其人文士，而从学于福建船政者。宋帅及诸王大臣浮海者，皆喜坐其船，以船主有儒雅气也。粤中寒士觅馆者，多依栖舟中，恒为诗钟之会，余亦常与其列。戊戌二月，旅顺借与俄罗斯，宋帅移驻牛庄，诸兵船之住坞者，仍泊其地。余会试报罢，拟留京供职成均，而宋帅叠函相招，且派飞云小兵轮相迓，情不可却，乃复就之。闰四月杪，余至烟台，适福靖巡洋至此，因得与瑞堂朝夕相见，飞云尚未至也。比飞云至，福靖亦将返旅顺，余告瑞堂曰："飞云此行，亦先至旅顺者，吾欲趁君舟先往，作三日盘桓。"瑞堂亦欣然相允。日购酒肴，为船中饮馔。次夕，瑞堂忽来言："明晨即开行矣，细思君仍不如上飞云船，所差者不过半日耳。到旅顺自可痛饮畅谈，无须趁我舟也。"余问其何以相拒，答言今此口已归俄人，舟抵口，须报其搭客几人。俟俄人查验后，方准入口。此次止君一人为客，便须候验，何必争此半日乎？余诺之。福靖卯刻行，余午后上飞云船，即时起碇。行数十里，风起，颠簸殊甚，余复悔不上福靖船，为其船身较大数倍也。已而风愈狂猛，兼以大雨雷电，舟中格格作声。余甚惴惴，恐其败裂，盖此舟已数十年，木质糟朽，所恃者机器尚精耳。既至此境，只合瞑目听之，船头搭客百数十人，僵立雨中，至可怜悯，余呼入舱暂避。舱小不足以容，乃植立如束笋，亦可笑叹。天将明，船主孙姓奔入告余曰："吾等性命可保矣。我驾海船三十年，从未遇如此大风，三更时沿路抛锚，皆不能定，顷甫抛稳，船虽倾侧，已抛三锚，当可无虑矣。"比天明审视，船已至老铁山，去旅顺仅二十余里。巳刻风势稍杀，雨亦渐缓。旅客以饥寒交迫，环求余速开往旅顺就食。余商之船主，则谓波浪未平，不如且待。余强之至再，乃起碇，是行以飞云专来接吾，故能相强，否则不能从也。开行后，风力虽衰，浪怒未息，二十余里之遥，巳刻行至申初，始见口门，亦云艰矣。船主取远镜视之，告余曰："一俄船沉没于此。"既而讶曰："此福靖船也。"余惊问之，则曰："是有炮台，惟福靖独备，他船所无者。"比至口，果见福靖斜倚海滩，前后尚露水面，中间悉没，巨船已成三截矣。甫入口，俄官即来问慰。少顷，飞鹰船主刘冠雄闻吾至，涕泣来告，昨日午后福靖抵口外，遣人往告俄官，以船无旅客，应否查验，俄官曰："大风将起，既无旅客，不必更验，速行进口可也。"比舢板回报时，天已曛黑。

瑞堂曰："港内大小商船数百艘，纵横停泊，天晚进口，恐有触损，姑待天明可也。"比黎明，瑞堂令起锚入口，后锚甫起，前锚尚在海中，狂风怒号，舟即横撞海滩，三撞，舟遂裂而为三，立刻沉没。船主短衣力抱船桅，脑后为铁条贯入而死，合船兵士，颠扑号呼，为船头铁器所撞，血肉横飞，舱内人士，多有尚在梦中者，同归于尽。统计幕友兵夫二百七十余人，无一免者。复有借住觅馆之举人秀才十余人，亦同做波臣，姓字无可考。尸身可见者，仅船主关瑞堂一人，余皆肢体不全，或面目模糊，惨不忍睹。棺敛时，惟瑞堂衣衾备礼，余则杂置于二十余棺中，不复可辨，其死于海者，悉果蛟龙之腹矣。哀哉哀哉！余以海岸相去甚远，不能抚尸一恸，仅于船楼用远镜视其入敛，遥为挥泪而已。刘君欲吾求宋帅优为赙恤，乃宋帅仅以二百金恤船主，以二百金恤合船军士，亦凉德矣。瑞堂有老母，妻方妊，不知遗腹所生男女，无从问讯。余与瑞堂交浅情深，自恨才力薄弱，未能效汪容甫《哀盐船文》，作一文以传其人，徒呼负负，然吾之不趁福靖船，获免此难，亦可云大幸矣。

三一　李绿宝

江右李绿宝解元结，其父扬州盐商也，富有多金，而性悭鄙，扬人多非笑之。壬辰会试，吾与绿宝相遇于三场号舍中。是日同号者，皆帽盒先生，无可与语。吾惟下帷独坐而已。帽盒先生者，北人也，其入闱，皆以帽盒为考筐，中置大饼水果，别无他物。头二场尚有绳贯之《大题文府》，及《五经文海》之类，系于盒外。至第三场，自《空策从新》二册外，更无一书矣。绿宝见吾携有书卷，故来问讯。吾知其盐商之子，疑为没字碑，不与多说。绿宝以场艺相质，且任互治策对，余始欣然异之，亦以前场文字与阅。绿宝一读一击节，谆问寓所，谓出场必来相访。比题纸下，绿宝任金石、水利两道，为吾省事不少矣。出闱后日日来见，极谭燕之乐。榜发同被放，绿宝拟捐纳中书，且劝我捐改到阁，与之互修学业。余以已得学正学录，不欲更居捐纳之名，且归省不欲久留，辞之。绿宝因乞我代觅师资，讲求文字。余谓当时可以为师者，惟李莼客，其次则冯梦华耳。但莼客性情乖愎，不如梦华之和平中正，其词章之学，亦无轩轾，必欲求师，似宜取冯舍李。绿宝大以为然，因请我为之绍介，冯亦首肯。余俟其送贽谒见后，始还扬州。次年忽得绿宝一书，字迹潦草，几难辨识，言抱病归来，已将一月，病势日剧，恐遂不能相见。又言生平别无他友，情真念切，可质鬼神，今生已矣，他生更得相逢云云。余得书悲诧，问诸其家，则由伤寒变成臌症，顶踵咸肿，已脱人形，顷方逼请其父，速以三千金助振免灾云。后闻其父虽诺其请，固未之寄。绿宝日日催促，且必索观振局收据。乃父不得已，始为电汇上海。及回电至，送病榻阅之，绿宝取视良信，欣然曰：“吾事毕矣。”乃大笑而逝。嗟乎，绿宝虽富家子，而制行俭约，衣服饮馔，萧然寒素，绝无纨绮丝竹之习，惟好作骈文，若此外无足动其心者。其父为富不仁，以天道言之，不应有此子；以世情言之，绿宝既为索债而来，又何以能自树立，不染浮薄？此等因果，竟无可说也。

三二　天长县署之幕友男化为女

光绪癸未之春，余自朝鲜乞假旋里，道出扬州西乡之大仪镇，日尚未落，荒村无可与语，门外停小轿一乘，问其为谁，则天长县署之幕友陆姓，先我半刻至者。住对屋，门悬一帘，余意此可为暂时谈伴矣。甫掀帘，将与问讯，其人遽起闭户相拒。余愕然而退，以为世间乃有此不通情理之人。比至盱眙，轰传天长陆师爷男化为女事。据言此人年已五十，頎而有须，忽一日，须尽脱去，同署诸人，皆以为其剃须也，后见厕中多天癸血纸，又见其不能植身便溺，遂哗然疑之。争欲逼其就浴验之，陆遂不能自安。寓书居停，自认天谴，即日告辞云云。其居停亦颇闻之，优给川赀，且言不便面别，是日吾所遇者，盖其出署之第一日也。怪事怪事！

三三　民妇一产七男

平则门外，闻有民妇一产七男，形状渺小，殆如猫，堕地死其一，此亦人妖也。

三四　鬼学

近时鬼学大兴，好事者欲通人鬼之郮，亦咄咄堪诧。上年温州徐班侯死于海，家人以未留图像，殊以为恨。一日，有为扶鸾戏者，徐忽降坛，诏其家人曰，某日某时，用西洋摄影法，可得小像。其家依言为之，迄无所见。复请乩示，乃判曰，多洗自见。因取所印玻璃片，冲洗至十余次，果有人影，约略可睹，识者望而知为徐班侯也。惟鬼影模糊，自非形质光明可比。然伍廷芳照像，则有一鬼潜立其旁，眉目清晰，俨若生人，是又何说。凡物反常则为妖，谓之妖孽，亦宜。

三五　乙卯辛酉北京两风灾

乙卯正月十四日，在京寓张栩人李铁拐斜街宅中，清晨忽大风从西来，顷刻尘沙漫空，非秉烛不可见一物，历数十刻，始开朗。越六年，辛酉三月六日，大风复来，历两昼夜不息，街上行人，颇有为风吹堕城河者，可骇也。北地多风，诚不为怪，而历时两日之久，则亦罕有。因忆前见明人笔记，载天启七年，风从芦沟桥来，殿廷岌岌摇动。上恐极而啼，满院回旋，且跌且行。市廛之屋，竟有吹至数十里外者，而风过之处，人之衣履，褫剥净尽，妇人在车中者，无不裸露，而衣裩皆无踪迹。又有吹入酒坛或空屋衣柜者，封锁如故，不知何以得入，且人尽赤身相向。此亦亘古奇灾矣。当时奏报甚详，且不止一奏，而史册及纲目三编皆无之。不识《明史·五行志》中，曾载是事否，暇当借来检之。

三六　黄桐生之见鬼

江右黄桐生，为小农观察之侄，自言目能见鬼。渠在车中来往，辄闭目低首，谓一见过往神祇，非下车鹄立不可，闭目所以避之也。又言目能望气，凡人之寿夭贫富，皆以气之高下五色辨之，近时惟张作霖之气最高，殆有数十丈，其色红黄云。上年张勋失败时，桐生谓其气甚旺，决可无恙，惟略逊张作霖耳。

三七　政变月日之巧合

报应之说，儒者不道，而天道循环，竟有莫之为而为者。其时日巧合，尤可惊异。丁巳复辟，张勋之孤忠拥戴也。五月二十四，勋败逃入荷兰使馆；庚申五月二十四，勋平安出京。丁巳阳历七月三日，段祺瑞马厂誓师；庚申阳历七月三日，徐树铮免职。丁巳七月九日，段在马厂下动员令；庚申七月三日，段在北京下动员令。丁巳七月十三日，段犯北京；庚申七月十三日，段开始攻曹。丁巳七月十七日，段就职国务总理兼陆军总长；庚申七月十七日，段军一败涂地。此等举动，当局者初无容心，一经旁观为之默记，直若暗中有人演此傀儡者，岂非天乎？

三八　家风记

吾家始祖思联公，自金陵迁居丹徒县东之杜桥，今名王巷。四传至凤举公，迁居藤料沙。又十六传至士荛公，始定居亨字圩。

士荛公字茂堂，生我高高祖，讳嘉绶，字君畴，但以名诸生教授于乡。

我高祖讳天录，字藜阁，国子生，生我曾祖兄弟四人。长讳尚聪，字圣阶，国子生，即我曾祖也。次讳伊祖，字德馨，优廪生。次讳尚睿，字克峻；次讳尚宽，字笠人，并国子生。我曾祖一生谨厚，乡里称长者，精算法。

我祖讳铭，字治堂，号省斋，国子生。汪稼门制军称有干济才，劝入都图仕进，笑谢而已。乾隆中，我祖移居盱眙。嘉庆己巳冬，淮船载数十人自北岸渡，中流冰合。越日，南岸人始望见之，瞠目无术，时船中已绝烟矣。我祖觅小舟数里，钉竹木于其底，推行冰上，送食物于其所，并往返载回渡客多人。泗州学正白尚质，曾为文纪其事。

吾祖母徐太夫人，尤乐善慈惠，戚里有贫乏者，恒赒恤之。乾隆丙午，岁值大饥，邑中死者相望，欲赒之，惧不能遍及，乃托为买婢，日煮糜粥待之，招其妪孺来家饱食。如是近两月，实未买一婢也。

徐太夫人生我伯父四人：长讳大安；次讳大昌；次讳荫槐，字子和，嘉庆癸酉举人，著《蠙庐诗钞》，与丹徒王柳村，同邑王子臣，称江左三诗人；次讳大庆，早卒，聘同邑陈氏，子臣先生为作《陈贞女传》。

吾祖妣扬州吴处士之女，封一品太夫人。来归时，吾祖年已七十，生我父兄弟三人：长为季乔伯父，讳大松，以军功保授云南南安州知州，因亲老不赴官；次即吾父，讳荫棠，字芾南，咸丰乙卯举人，官至浙江温处道；次为笏亭叔父，讳荫樾，咸丰壬子举人，官至二品顶带（戴）按察使衔浙江候补道。

咸丰中，先公官户部郎中，先叔父亦在京倭相国家，授其子福裕读。斯时朋好无多，所往还者，惟二三同年，及同乡数人耳。己未元旦，先叔梦与同乡孙燮臣孝廉家鼐同游古寺，中庭一塔，矗立天半，金碧辉映，约共登其巅。燮翁奋步直上，先叔俯视石级，乃冻雪琢成，不敢插足。燮翁已在塔顶招手，先叔笑答曰："吾不冒险。"俄焉梦醒，历历可忆。是年会试，安徽中额仅四名，以其时寇盗盈天下，计偕者少也。比放榜日，不意安徽多取一本，榜上已填其三，试官惊顾不决。检二三场诸艺较之，精湛相等，亦莫定去取。乃命榜吏姑递推名次填写，迨仅余榜末一名，而主试者仍游移无策。忽一房官进曰："此卷红号，系福字第七号，或此人有福乎？今年科场太平，取此福卷亦佳。”诸总裁拊手称是，以去年有柏相国葰之大案也。比拆弥封，中者为孙家鼐，放者即先叔也。

吾同堂兄弟二十四人，余序次十四。第五兄名锡麟，字石生，大安公出，道光癸卯举人。官至甘肃知县，为文诗有闻于时。第八兄锡元，字兰生，荫槐公出，同治甲子乙丑联捷成进士，官至江苏候补道。第十兄锡炳，字蔚甫，大松公出，光绪己卯举人。十五弟锡绶，辛亥后改名逊，荫樾公出，光绪辛卯举人，官至湖北候补道。弟与余同庚，小时同塾就傅，故于群从中，尤为相得。

吾弟仲高，不独姿性聪异过人，其天怀高旷，亦不可及。光绪乙亥，余省试报罢，仲高亦被摈于学使试。先公时已病废三载，取两人落卷观之，余卷为山左王大令德溥所荐，批语极推崇。主考周瑞清以得卷过晚，额满见遗。仲高卷以诗有落字忘注而摈。先公叹曰：“汝曹文字，不患不获隽，第吾皆不及见耳。”仲高闻言大恸。先公知为凄然，反宽慰之。次年夏，先公弃养，仲高遂终身不复入场应试。尝谓：“科名仕宦，非吾所好，前之归试有司者，所以慰吾父也。今吾父已亡，吾岂可复与庸夫俗子，低首以就盲主司之绳尺乎？”

仲高素不工奕，在扬州时，国手周小松执牛耳，一时从游者众。仲高暇与之奕，初受九子，不半年成四手棋，遂弃去，不竟其学。小松曰：“君年甫十六，才分如此，中道而废，未免可惜。若专心不已，二十岁前，决可与吾相敌。今国工已绝，后起无人，吾故乐为成就君也。”仲高笑曰："先生休矣。如君之奕，天下推为第一，吾细衡之，只是一清客伎俩耳。吾何苦劳精疲神，费时失业，以冀成一清客乎？"小松闻此，虽不服，亦无以答也。

余在朝鲜时，仲高恒转海相省，亦时往诸防军中谈话，而项城尤与契洽。项城谓余曰："君弟信异才，不似君书生迂阔，惟不肯入幕相助，而贪恋上海，未改少年轻佻之习，此亦可恨。"余问仲高，用何说致其倾倒。仲高曰："吾直以谭笑玩之耳，且此人宁耐久朋耶？"是时海外诸友，仲高尤不喜季直，谓为伪人，而于曼君无贬词。

仲高读书，不喜寻章摘句，其行箧中，惟《胡刻文选》及《昌黎全集》两种，间时浏览，均能精熟。亦不常为诗文，偶一弄笔，皆不落恒溪（蹊）。丁亥春，与余相见京师，忽援笔写五古一章，字字惬当，居然陶谢手也。余方拟属和，仲高遽毁其稿曰："此岂足言诗哉！遣兴而已。"读诗而不作诗，亦养心省事之一端也。仲高既久居上海，四方名士多从其游，或问其受业谁氏之门，则答以生平未就外傅，以兄为师，故余之早得虚名者，半由吾弟之推崇也。

因果之说，儒者不道，然实有其理，未可概以事属偶然。亡弟仲高，年五岁时，随官江右，僦居新建后墙裘宅，裘文达之故居也。裘与大塘程氏有连，时程豫清郎中方家居，假入城，下榻裘氏。见仲高在其室嬉，欣然爱之，欲以为婿，倩程尚斋观察来做冰人。先公以年稚小，尚非议婚之时，婉词复之。而豫清先生志在必行，尚翁又力为之说，先公曰："此次子耳，吾长子尚未定婚，断不可以弟先兄，姑从缓议何如？"尚翁曰："豫清固先言之矣，家有数女，皆未字人，不妨更择其一，此姻决须连也。"先公仓猝无词，遂笑而许之。此同治甲子年事。次年先公改官杭州，程虽新姻，而初非素交，以此不常通讯，惟豫丈之胞兄鄂南先生，与先叔同官刑部，过从相得。癸酉，先公告归扬州，闻豫丈已做古人。丙子，先公见背。比服阕，仲高年已及冠，适尚斋丈为两淮运使，请其通讯大塘，俾成嘉礼。丈欣然派人伴往，仲高欢然就道。比明年，余自西湖还扬州，仲高亦牵新妇来行庙见礼，与吾相见，颇露叹恨之意。问之，辄摇首不语，先母尤以为讶。必穷诘之，乃仅对曰："前生冤孽。"余初以为新妇丑，或不为所喜，因以大义责之。仲高垂涕曰："娶妻而以妍媸为喜怒者，无识之小人也。弟虽不才，尚不至此。吾恨者，此妇之骄妄蛮横，绝无情理之可言，今屈于我之威严，始稍安敛，否则逆象见矣。"先母与吾夫妇闻之，皆未深信，而见两人之闻声相恶，俨若仇雠，实不可解，然无法以和好之也。辛卯春，仲高适疾，甚殆，妇已还江右数年矣。叠信相招，竟不一答。迨仲高病卒，驰书赴告，至岁底，始来奔丧。仲高葬已数月，老母既痛爱子，又悯其伶仃，颇垂怜惜，而其人顿变面目，在老母前叫嗷狂吠，非复人境。老母怒极，至于气厥神昏，彼固悍然不顾也。是时余适在家，睹吾母之见凌，感亡弟之先见，不得不强颜呵斥，并招其叔号季平者来训诲之。季平既责其无礼，且劝令速回江右，复私谓余曰："此女之不贤淑，世所稀有，而出自名门大族，尤为罕闻。听其速归，不必更接。若久在此，恐出奇祸。"季平与吾文字知交，故肯尽言如此。已而程弟妇果回大塘，历十余年而死。其家亦径埋之。佳耦怨耦，古人诚非虚言，吾弟虽少亡，而其终身不知有琴瑟之乐，实可伤愍。吾无以言之，归诸前因后果而已。

吾生平眼泪至少，又不能哭，六十余年，只哭过十余次耳。癸酉先祖母弃养，大哭二次。丙子先公弃养，大哭四次，兼以呕血。辛卯，余卧病京师，母弟仲高病危，得信疑其已亡，而卧莫能起，欲归不得，哭泣五六次。甲寅先母弃养，大哭三次。逾年佟甫弟病卒，仅哭一次。己未三月，小南兄病卒扬州，余往哭二次。此外无论如何悲痛，但有泣涕，绝无号哭矣。丁酉秋，爱妾刘氏病死，余只挥涕一次而已。余之不能哭如此，咄咄可怪。京师风俗，吊客无不举哀者，吾以无此急泪，不敢轻做吊客，时受讥责，无如何也。

从弟季达，年五十矣，孝友之性，老而弥笃。其胞姊未嫁而亡，遂终身不娶，依附生母冯太夫人左右，畦步不离。太夫人今年八十有二，视听步履，无异壮时。余每过弟省太夫人，门庭和淑，不觉慈孝之念，油然而生。乃知古人所谓以德化人者，殆非虚语。

先友常州黄公补愚，于先公少时，有漂母之惠，先公终身不忘。公有二子，曰小补，曰少愚。小补养亲不出，少愚则执经从先公出游。先公爱之教之，儿辈蓄之也。以其女为吾侄德瀚之妇。余儿时，与少愚同塾，俨然自家兄弟。先公为少愚及杨小斋入赀，为小官，同以县丞列保，乃小斋准而少愚驳，可谓命途之舛。少愚未三十，以疫卒，又无子，其兄小补，亦有伯道之戚，可哀也。小斋有三子，皆贤；生一女，为吾侄德愈之妇。

三九　何贞老

母弟仲高，原名锡骏，后改崇垚，少余三岁，小时即颖异过人，十一岁时学赋四韵诗，塾师涂乙太半。适道州何子贞先生见过，先公命余兄弟出见，各以赋业奉览。先生见弟作惊喜曰："此才子也！何物鄙士，乃为之帅乎？"见余所作诗及策论，亦甚承赞许。先公命以所书折卷小楷请教，且戏问此子笔性，他日能入翰林行乎？先生笑曰："君何所见之小，凡作文字，当与古人争衡，区区翰林，何足道哉！且今之翰林，能作此字，便为高手矣。"先公闻之大笑，谓先生虽循循善诱，终不免误人之谈。先生曰："不然。闻奖掖而益自奋励者，高明之士也；闻吾说而自以为是，不复进取者，庸鄙之人也。误与不误，仍视其人之有志无志，非他人所能成败之也。"先公顾余曰："小子识之。"

四〇　金明斋秀才

杭州金明斋秀才鉴，以能鉴赏金石书画知名于时。同治戊辰，余年十二，随宦杭州，明斋见余所临《怀仁圣教序》，欣然谓书贾范叟曰："此人将来，必享大名。"因属范乞我写扇。此我少时最初之知己，惜无往还，故始终未得一见。范又告我，金君为当时围棋国手，后在扬州晤国奕周小松，问及明斋，小松曰："此第二手也。杭人推为第一者，盖亦有故：海宁陈子仙亡后，杭人无与敌者，遂群以国手目之矣。"小松又言："明斋与子仙年相若，而与吾初不相识，但知名耳。吾游浙时，明斋已负国手名十余年矣。邀之对奕，金终不肯共局。后在西湖见明斋方与人奕，余从旁观其终局，谓曰：'君实第二流之高手。今海内若无吾在，君当独步矣。'于是明斋欣然而起，遂与余共奕十余局，杭人有留其谱者。然自此明斋又降居第二矣。余非敢扬己抑人，而品格所在，丝毫不容相混。"古人言，小道必有可观者，此类是也。

四一　潘文勤师

光绪丙戌之夏，余居秋樵天津寓舍，陈次亮招作帝京之游，因循未往，次亮复专车相迓。乃入都，居其贾家胡同之瑶林馆，日偕次亮与盛伯羲、刘镐仲、程雒庵、勒省旃诸君征歌选胜，游宴极谐。次亮言，当时许星叔枢密素好士，劝我以所作诗古文词投谒。固知许与叔父壬子同年，初未闻其好士，懒未应也。而次亮怂恿不已，且责吾上有老亲，须营菽水，乌得以寒俭鸣高。不得已，如其说，以两册投之，乃三四往，迄不得一见。七月既望，余将返津，因诣许索还原稿。翌日，许遣其弟子元答拜，且言实无暇细读。余视之，尚未启封也，不觉一笑。适往珠巢街杨味春处话别，过米市胡同潘大司空之门，念车中携有此册，又忆省旃曾言此公性虽简傲，实能爱才如命，不如即以是册致之。比投刺后，阍人延吾至其厅事，所谓福寿庭者。候之良久，主人便服大笑而出，相见一揖，即强我解衣宽坐，且谓适间示观之两卷，均已字字读过，大似雪苑辟疆，实为目所未见。因留小饮，至夕始归。临行公又笑曰："今日得见魏晋间人，足为平生之快，幸勿遽出都，且思继见"云云。余不觉感出望外，不得不稍事勾留，而是日亦不克更访味春矣。

潘公知吾家计甚贫，亲年已老，非得馆无以为养，谓吴大澂乃其门生而长亲者，行将来京，拟荐入其幕。余谓吴公原与家兄甲子同年，惟闻其练兵一事，已经奏撤，恐难位置。潘公言，如其不谐，即属其转荐张朗斋，彼新为朗斋，担保借得洋款三百万，有此交谊，当可有成。余婉谢。其荐书云："恪斋姻丈大人阁下：得书并所赠各拓，欣谢欣谢。闻使节即日还朝，甚慰。兹有王世兄元之者（时余方改名元之，后未果行），佺一见倾倒，渠并未见恳，侄自不容已于言，识英雄于未遇，勿可失也。此颂台绥。”又别纸云：“如其幕中人满，则望转荐张朗斋。丈与朗斋交情至厚，必可有成。王君非久居人下者。侄自谓生平相士，百不失一，他日请验。又行。”嗟乎，潘公好士之诚如此，岂可望于今世士大夫哉！又岂料数十年后，而吾之名业，终无所成哉！

余初见潘公时，固未尝有所干乞，而公知吾家计窘乏，必欲为吾谋一善地，以营甘旨，高义深情，实足衔感。偶与公言，今南皮张香涛总制两湖，号能延揽，张与家叔父壬子同年，又素相识，公若推挽，似较他为善。潘公大笑曰：“君误矣。香涛为人，诞而愎，其爱士也，叶公之好龙耳。君能为谐臣媚子，持吾书往，必大得意。否则以水投石，且将败名，亦何为哉！”吾未敢置对。公复笑曰：“君疑吾言之过乎？他日当知之。”公薨后十余年，余服官湖北，适为张之属吏，乃知张之为人，鄙俗夸诞，有非意所及者。益信潘公知人之明矣。香翁非特诞愎，其势利亦复过人。当戊戌变法之前，梁启超过武昌投谒，张命开中门及暖阁迎之，且问巡捕官曰：“可鸣炮否？”巡捕以恐骇听闻对，乃已。定制钦差及敌体官往见督抚者，始鸣炮开中门相迎，若卿贰来见，但开门而不鸣炮，余自两司以下，皆由角门出入。梁启超一举人耳，何以有是礼节，盖是时已有康梁柄国之消息，香翁特预为媚之耳。启超惶恐不安，因箸籍称弟子。

吴清卿到京后，吾曾一往见之，第问吾在朝鲜时事，而意殊落落。余以此告潘公，不欲与之为缘。潘又责吴，吴乃咨合肥。合肥以武备学堂教习相处，而次亮诸人，复力劝吾在京课徒，为戊子赴试北闱计，因辞教习，往准仲莱太史处，课其弟崇墂斋。是时崇已捷乙酉贤书，吾尚为诸生也。次年周海舲屯军天津之小站，其侄仲明观察管带正营，聘吾为李左车，遂复从之，主宾相得，昆弟不啻也。至戊子顺天获隽，庚寅试学正得旨记名，始别仲明入都。

后十余年，晤吴谊卿大衡，始知潘文勤以国士荐吾，而其兄以众人遇我者，盖入项城之言也。项城聘余不往，以余为不屑就，又其以里言相布者，恐吾发之，遂思杀吾以灭口。其告清卿，固以张元相比矣。项城又禀合肥，极口诬陷，合肥置之不答，幸免于祸。由今思之，正复何苦。清卿偕续昌使朝鲜时，项城称弟子，后又为姻亲云。

丙戌丁亥之间，余以文字辱为郑庵尚书所知，逢人说项，不啻若自其口出。一日，龙树寺雅集，公又道及贱名，方勉甫丈在座，问是盱眙王某否。公言此今之王景略也，君亦识其人乎？勉翁答以原是世交。翌日，余晤勉丈，因举以见告，感奖借于齿牙，愧谈饰之过当。复曰："左季高与郭意城尝戏以老亮新亮自命，君亦可称今略矣。"余笑答此何敢当。庚寅冬，尚书薨于位。甲辰年，勉丈亦卒。此三十年中，吾所见王公贵人多矣，而憔悴支离，终为羊公之鹤，可胜愧负。继念豪杰升沈，皆关时命，王景略若不遇苻坚，亦不过终老田间，何从表见。又况天方荐乱，道尚晦盲，虽有孔孟管葛之才，亦恐无能为役，吾辈占俚（跸）小夫，甘与草木同腐而已，复何言哉！

四二　潘翁两尚书

光绪中，吴县潘伯寅、常熟翁叔平两尚书，皆以好士名，潘公断断无他，尤为恳到，翁则不免客气。潘公不好诣人，客至无不接见，设非端人正士，则严气正性待之，或甫入座，即请出；翁则一味蔼然，虽门下士无不答拜，且多下舆深谭者。此两公之异也。潘公尝向吾言："叔平虽为君之座师，其人专以巧妙用事，未可全信之也。"已而笑曰："吾与彼皆同时贵公子，总角之交，对我犹用巧妙，他可知矣。然将来必以巧妙败，君姑验之。"后又曰："叔平实无知人之才，而欲博公卿好士之名，实亦愚不可及。"庚寅冬，潘公薨于位，翁旋为军机大臣，戊戌罢官，潘公之言竟验。翁文恭师，得君之专，一时无两，上闻诸内侍相语曰："某人为某人之心腹。"上笑曰："我无心腹，只有翁同龢一人，可为吾心腹耳。"太后闻之不怿，盖未悟股肱心膂之说，认作植党营私耳。珍贵妃以微过被谴，降作贵人，遂不得与上相见，上亦不得临幸，盖宫廷定制如是，贵人位卑也。上以慈意严切，无法解救，不免怏怏。逾年，太后怒息，赦珍出，仍命为妃，上意释。定省之际，愈为婉顺。太后亦喜，笑谓曰："汝常能如此尽孝，吾岂不欢？前此之桀骜，汝必误闻人言也，吾言是否？”上素性讷愿，唯唯而已。太后因问：“汝当初误闻何人之言乎？”上默不敢对。太后笑曰：“汝不妨姑言之。”上复嗫嚅。太后怒曰：“有问无答，孝行何在？”上大惶恐，自念实无人言，何敢妄说。而又实逼处此，不得不略举一二，仓猝无可指名，忆早晨召见之九门提督长麟、户部侍郎汪鸣銮，二人素为太后所称者，言之当无妨，乃举二人以对。太后勃然曰：“鼠辈乃离间我母子乎？”立将二人付刑部，照离间两宫例治罪，于是盈廷惶骇。枢臣及翁相国等，皆入宫泥首以请。旋得旨：“长麟、汪鸣銮皆革职，永不叙用。”慈圣之意，初欲上举翁同龢为对，不意上以长麟、汪鸣銮当其灾也。

甲午之事，始于项城，成于通州，而主之者常熟也。此自通国皆知，无可为讳。合肥力言不可开衅，大为盈廷所诃。比战时，日本合全国之力相向，而吾国以叶志超乳臭小儿游戏当之，遂至一败涂地。后吴大澂以文弱书生，自告奋勇，而举止谬妄，贻误事机。刘坤一身为大帅，又久历戎行，似应稍有方略，而畏葸无能，亦复望风先遁。所恃以应敌者，惟宋庆一军。当时归宋庆节制者，有一百数十营，大率不听调遣，而宋庆之毅军三十二营，能战者只有九营一哨，以九营一哨，分布六七百里，以敌日本之劲兵十余万，虽孙吴复生，亦不能幸胜矣。是时张中丞汝梅在京，言宋庆虽勇敢善战，而年将八十，独当大敌，恐有疏误，莫若以前安徽藩司张学醇为宋帮办。张固宋之旧日上司，且毅军自宋得胜、马玉昆外，所有将领，皆张之旧部也。汝梅以此说恭亲王，王亦以为然，而念张公前以议抚苗逆得罪，虑孙寿州挟前恨，不肯赞成。汝梅乃往见孙家鼐，婉词说之，孙公慨然曰："张小浦治军之能，我所深知，今虽年逾六十，闻其精神智虑，无异壮盛，诚用其人，当于国事有济，吾岂敢以私憾害公义哉！惟须与常熟言之，常熟为人好蓄小怨也。"汝梅因见常熟，纵论及此，常熟变色曰："若用张学醇者，吾必拂袖让之。"汝梅愕然而退。自此小翁遂永无出山之望，而吾国亦竟割地求和矣。

己丑之秋，常熟师相乞假百日，回籍省墓。将返京时，道出上海，马眉叔方为招商局总办，命局友王新之昕夕陪侍。常熟年已六十，白须飘然，周历洋场，往往信意步行，不用舆马。一日忽奉廷寄，封外写"上海招商局转投翁中堂"字样，内书："字寄师傅翁同龢：别已日久，计假期将满，朕心甚盼，惟念时交冬令，恐海上多风，又天气严寒，途间辛苦，卿自酌之。如有不便，不妨春暖再来，不必拘定假期也。某月某日御笔"云云。常熟得此，当夕即行。彼时圣眷之隆，在廷无与为比，虽醇邸太上之亲，往往向常熟上问官家起居。余尝见常熟手复醇邸小楷手牍数通，可见当时鱼水矣。手牍今藏连梦惺家。

四月二十七日，翁师相罢斥后，五月初一日遂颁变法之诏，自后所有纶音，皆康有为口含天宪，虽军机王大臣，亦不得稍参末议。而德宗与彼，言听计从，终不加以重任，仅令其到上海经理官报，此可仰见圣量之深远矣。八月初，太后复出训政，杨锐、林旭、谭嗣同、刘光第等六人皆伏诛，中惟刘光第受其牵率之累，余尽盆成括也。独康有为与其徒梁启超，以洋人保护，得漏法网。此等是非，须付后世论定矣。常熟虽罢官，固未出京，太后乃追究其保荐康有为之罪，驱逐回籍，交地方官严加管束，并有“毋许滋生事端”字样。此诏乃常熟之门人，刚毅大枢密所拟也。师傅重任，相国大臣，又得君行政，专而且久，竟得如此下场，开辟以来所未有也。

常熟既深结主知，断无骤发雷霆之事，而康有为经常熟切保后，屡蒙召对，温谕褒奖，谓可畀以钧衡之任矣。不意故我依然，仍是浮沉郎署。又诇知保折后加之词，引为大恨，疑常熟从旁沮之，不去此老，终难放手做事。乃于上前，任意倾轧，极口诬罔。德宗忠厚仁弱，虽明知其所讦过甚，竟不能正色折之。时在戊戌四月廿七日，常熟六十九岁生辰，宗族亲友门生故吏，争来庆贺，常熟亦欣然置酒相款，特于是日乞假，在寓酬客，盖前一日尚在内廷行走，上意固鱼水契洽如常也。忽清晨奉严旨，以翁同龢在上前语言狂悖，渐露跋扈，本应严谴，姑念平时尚无大过，加恩仅予褫职，以示保全云云。中外哗骇，以为天威诚不可测也。

翁文恭师昔尝语余云：“世人盛推吾书，实则吾于书法，茫无所知，去伯寅甚远。伯寅尝笑吾杜撰草法，诚中吾病。盖四十后，方有意学书，笔性既拙，又苦无多暇，是以终无成就。君为国子师，大好趁未入翰林时，与诸生琢磨文字，期与古人为徒，一入翰苑，则牵率不暇矣。”又笑曰：“吾文章知不足示人，只诗歌一道，稍有功力，或能传得数首。而世无知者，以此悟人生之幸与不幸，亦非力所强也。”师语余时，在乙未之冬。次年余从宋忠勤治军旅顺口，戊戌入都补官，师已得谴归。己亥吾为南学管学官，得枣木阁帖九册，时时习之，字学始稍进，今二十余年，此志未间。而吾师归道山已久，又感沧桑之变，抚今念昔，可胜慨然。

四三　刘棣仙

仪征刘棣仙遂，少时才调翩翩，与其叔恩绂同塾读书。叔姿性钝拙，而每试辄利。戊子、壬辰，两榜皆捷，己丑试中书，得记名，又考入军机章京。棣仙终不得一当，乃焚弃笔砚，学为游侠，顾颇畏吾，相见必敛抑自下。吾未常（尝）不悯其愚，而哀其志也。以吾好临池，恒搜罗明墨见惠。余在湖北，承其寄墨颇多。后闻其在扬州时，大府指名捕之，竟仰药以卒，可伤也。棣仙固与徐宝山志同道合，使其不死，板荡时必较当时伟人之目不识丁者，高出十倍，此亦民生之不幸矣。其叔亦于宣统初物故，无子，以棣仙之子为嗣孙。棣仙子乳名运生，今不知所在，而吾操翰作字时，辄念棣仙不已，以佳墨难得，从今更无馈墨之人也。

四四　姚石泉同年

姚石泉同年锡光，丹徒名士也，尝问余小时读何书开蒙，余答以四书五经外，以《朱子小学》为主。姚曰："败矣。此等书寓目如油入面，终身摆脱不去，充极其量，亦仅成一乡党自好之士耳，于国于家皆无补也。"余谓此论诚切中宋儒之病，然人人能为乡党自好之士，岂非尧舜之民，吾正喜其诮我之释我憾也。姚由州县起家，官至兵部侍郎，值国变而罢，未举贤书以前，在天津充武备学堂教习兼监督。今之伟人，多出其门。昔余官成均时，石泉与吾踪迹最亲，几于无日不见，今则往还绝矣。

四五　戴文节

钱唐戴文节公醇士，风神美秀，在翰林日，群以"戴小姐"呼之。道光中叶，江右万明经应京兆试，寓其乡人黄莘农宅中，以老名士自命。一日，戴过访黄君，与万相见，万忽问戴曰："足下亦来就试乎？"戴曰："非也。吾不下场。"万作色曰："足下姣好如此，何无志向上？吾年过五十，尚求进取也。"戴未及答，黄君笑曰："君休矣。此戴醇士供奉也。君欲为其门生尚不可得，乃妄语乎？"万面赪，不复作声，逡巡遁去。盖江西、浙江，皆在南皿，七省中房考同皿者，例不批阅，至会试则仅避本省。是时万尚乡试，黄故云尔。然戴虽年将四十，肌肤莹白，望之如二十上下人，万固疑为塾中子弟也。此何子贞先生言。

四六 何廉昉先生

江阴何廉昉先生，名栻，道光乙巳进士。咸丰末官江西吉安府时，赭寇鸱张，军书旁午，先生以公事至省，寇忽大至，吉安不守，全眷殉焉。先生退无所归，竟以失守城池革职。是时沈文肃方守袁州，其夫人林文忠女也，寇至，文肃适于役他处，夫人手书求救，城得无恙。朝廷嘉之，赐以“双忠格天”匾额。廉翁罢官后，贫乏不能自存，转徙至袁州，于府署前设卜肆糊口，亦书横额云“一败涂地”，与“双忠格天”对峙，亦可谓善戏谑矣。先生故为曾相国之门人，曾每解橐助之。金陵克后，李合肥更赠以盐票二百纸，遂居扬州，为商人成巨富。其妻子皆死于吉安，更纳一妾，生秋辇、月担兄弟。先生同治癸酉年卒，著有《悔余庵诗文集》，惊才绝艳，与彭甘亭相上下。秋辇十七八时，与吾结交，余弟畜之。潜心好学，亦能文章，称其先德而不得于母，不得已，橐笔出游。复随使外洋，为参赞，保道员归。其为登莱道时，余方在宜昌，秋辇时以山东所产桃梨之类，用巨簏由江海轮舶展转相饷，函意恳至，依然总角之情焉。后秋辇洊升甘肃、新疆巡抚，未及到任，遽死于途。一子震彝，号鬯威，少年成进士，亦能为骈文，诗词颇工整，以钦用中书改捐直隶候补道。国变后，为农商部佥事，与修清史，每见吾执子侄礼甚恭，忽以微疾而亡，年甫三十余，可伤悼也。有一子，名孝聪，尚在幼稚，不识他日成立何如。月担光绪乙酉举贤书，后为兵部郎中行走，数年而归。今闻尚在，家亦中落，壶园风景，不堪回首矣。

四七　张小浦丈

山阴张小浦丈，名学醇，道光末，丈年十九，纳粟为南河闸官。旋从袁端敏公，治军袁浦。与捻匪战，无役不捷。未及十年，积功至安徽按察使，署藩司。时张汉仙丈汝梅，亦为分统，各领三营，年更少，小浦丈代为指挥。汉翁部将有张曜、崔廷桂，小翁部将有宋庆、陈国瑞，皆有重名。陈初为黄开榜之义儿，名黄国瑞，小翁从黄借得后，乃归宗复其本姓。小翁得罪后，陈归僧忠亲王部下。僧王阵亡，陈因解兵寓扬州。

吾居扬州七巷时，与张小浦对门。余时年二十一岁，小翁聘往课其子女，晨出暮归，宾主极相得。后二年，丹徒顾止庵师艮来访，老无所依，乃推馆让之，余改为小翁司笔札，因同游豫直。小翁旋丁外艰而归，余亦往浙依叔，此光绪辛巳年事也。

朝廷闻苗练复叛，大震，屡诏慎密从事，以苗练素系劲旅，为患殆甚于发捻也。翁同书知小浦丈最为苗逆所服，驰召来寿州，责以劝令投诚。小丈携一仆往，沛霖迎笑曰：“老弟远来做说客耶？胆量亦不小矣！”小丈答曰：“为国家事，亦说不得。吾早置生死于度外矣。”苗曰：“久不与君轰饮，今当共谋一醉。”小翁因力说其善处功名，莫以野心自误。苗乃凄然曰：“吾侄景开，才略冠时，君所知也，何意因好成仇，遽为孙家泰所害。吾以诸生官至监司，有何不足，而图反乎？果朝廷宥我之罪，以孙、蒙首级来者，吾即立时投诚，否则不敢从命。”小翁因问此言信否，苗指天以誓。小翁乃归告中丞，孙家泰闻而自尽，蒙时中亦正刑典。小翁以两人首级往，苗逆设祭其侄，遂从小翁连骑归。中途兵队忽哗噪，谓小翁为计诱，不可信，将剸刃焉。苗仓猝无策，谓小翁曰：“事不谐矣，君宜速逃。”密遣二人护之以归，为逆如故。事闻，天子大怒，以张办理不善，革职遣戍，以翁同书轻易招降，革职拿问。

张小浦之得罪，由于苗逆投诚反覆。苗逆者，苗沛霖也。苗逆未叛时，以绅士办团练，屡得战功，官至四川川北道。与穆腾阿、袁保恒、张汝梅等十人联兄弟之好，而尤与小浦丈至相得。时在寿州，其城内之团练，则孙家泰、蒙时中主之。苗系客军，孙、蒙等因忌成隙。巡抚翁同书驻节城内，欲与诸军计议，孙、蒙等不许开城，以雉堞为议事之地。咸丰己未，孙家鼐状元及第，苗沛霖以为得言归于好之机，遣其侄景开率十余人，携千金入城，置买礼物为贺。不意景开入城后，为孙家泰所斩，随从亦无一免者，于是苗沛霖举众叛。当是时发逆、捻逆，纵横境上。

同治二年，小翁遇赦还，奉旨交曾国藩军营效力。道出河南，闻江南克复之信，而豫中捻匪尚炽，豫抚奏留剿贼，猝与贼遇，未及阵而败。小翁以生平未经挫衄，遽有此失，忿而告归，以军队交与宋庆接统，是为豫军。未几宋得毅勇巴图鲁，遂改为毅军。

张汉仙已积功保至记名道，因小浦丈已归，遂乞终养。光绪中年，养亲事毕，放广西右江道。不数年，擢山东巡抚。

四八 宋忠勤

宋忠勤少为米商，已而弃去，闻其乡人宫子猷大令权亳（亳）州牧，招同里健儿往充练勇，乃徒步赴之。初至做长随耳。宫君见其魁梧精壮，令充什长。是时皖北各县捻匪鸱张，忠勤战辄有功，多有擒获，宫君奇赏之，且谓蹄涔不足以容吞舟。适张小浦廉访统兵过境，因力为推荐，小翁即委其管带前营，拔委千总，自是扶摇直上，所向无空阔矣。忠勤感宫君知遇，终身以师事之，其子弟亲族，皆极力培植，历数十年不衰。此可以风末俗矣。

四九 王壬秋年丈

王壬秋年丈闿运，湘中名士，少年时在肃顺幕中，待以国士，其言肃顺之学术经济，迥非时人可比。军书旁午时，庙谟广运，皆肃顺一人之策，故能成中兴大功。显皇帝上宾，毅帝幼冲，廷臣咸主垂帘之议。肃顺力遵先皇遗训，誓死不从，于是坐以大逆，斩于柴市，而听政之礼始成，殆冤案也。又言当时奏报多虚诬失实，渠历客曾、左诸军，颇详源委，撰《湘军志》一书，抑扬尽致。诸将憾其直笔无隐，复醵金请宜昌王定安重编《湘军记》，以驳斥之。两书并存，而皆由金钱而来，皆不足为信史也。

五〇 李莼客侍御

会稽李莼客侍御慈铭，以诗古文词名同光间，昨得其同治癸亥以来日记十余册阅之，朝章国故，一时人情风俗，及经史大义，章句小学，无不备载，所作诗文，亦羼列其中，信大观矣。议论翔实，远胜谭仲修之《复堂日记》。仲修亦杭州名士，莼客固无褒词，而尤痛诋赵㧑叔，则未免习气。又多载邸抄，如苗沛霖之侄苗景开为孙家泰所斩，已数年矣，而上谕乃有苗景开革职之事；又孙家泰系自尽而传首招降者，亦有孙家泰病死之说，可见当时奏报不实。孟子所以言尽信书则不如无书也。

论文以起伏照应为桐城之陋，真是谬说，昌黎谓柳州指授，皆有法度可观，岂无法无度，便为妙文耶？怪事怪事！

五一　八指头陀

湘人八指头陀，负诗名数十年。昔刘康侯以头陀所作诗一册见赠，乃王壬秋校刊者，警炼端雅，无僧家习语。康侯告我，头陀不能书，且识字无多，余疑其诗必湘绮所作，未必为庐山真面也。后闻人言确系头陀自作，殆佛家所谓通慧者耶？前年头陀以争庙产来京结讼，遂殁于京寓，亦可谓圆通而未能大觉者矣。

五二　易实甫

龙阳易顺鼎，字实甫，为笏山中丞之子，年十七，举光绪乙亥孝廉，当时以才子推之，自命为张灵后身。年过六十，以毒疮卒。性好渔色，故终身不留须。其诗多游戏之作，又慕赵悲庵，遂以哭庵名其斋，可谓怪矣。复刻诗四集，曰《魂东》《魂西》《魂南》《魂北》，尤为幻谲。名教中自有乐地，何必乃尔耶！

五三　勒省旃明经

新建勒省旃明经深之，为少仲河督之子，惊才绝艳，同辈推伏，丙戌拔贡朝考，正场取列一等第一。覆试日，以烂醉歌郎家不克与。潘文勤时为阅卷大臣，检卷不得，至为惋恨。省旃益颓放自喜，连不得志于有司，遗产十万金，挥霍罄尽。戊戌岁病隔死，未五十也。乡人胡存刻其遗诗数十首，风格雅近黄仲则、龚定庵，才人无命，可为感叹。有一子，号仲孙，不知学业有成否，今年三十余矣。

五四　李文石观察

李文石观察葆恂，子和督部之子也，丰才硕学，一时无两。诗文外，金石考据，靡不博综。客李文忠、张文襄、端忠愍诸公幕府，雅趣高致。不愿当官，三十年间，仅一筦湖北榷运而已。其子小石部郎，亦渊懿有父风。

五五　顾印伯大令

成都顾印伯大令印愚，与先从兄己卯同年，复与余同在香涛制军幕府，孝友温恭，诗文俱有根柢。长余三年，以兄事之。余在湖北十年，惟印伯为执友耳。辛亥之乱，余奉母仓黄出走，印伯乃侍太夫人居危城中，尚作诗寄余沪上。后闻其应召入都，为国务院顾问。比余乙卯北来，则印伯已前卒矣。其次郎继羹，少年老成，在公府做书记，迎养祖母来京，菽水之奉，尚可承欢。询及印伯，则诡词以对。太夫人年八十余以寿终，在京数年，竟不知其子已作古人，极可伤愍。而继羹之善事祖母，亦可谓贤孙矣。

五六　李梅庵提学

临川李提学瑞清，春湖先生之族也。辛亥冬，避地沪上，自称清道人，卖字为活。极盛时，岁可得两万元，亦足豪矣。革命之际，李方权江南藩司，库藏尚有二百万金，丝毫不染，只身远引，品节殆不可及。

五七　吴子修太史

钱唐吴子修太史庆坻，新建程晴峰督部之外孙也。其尊人云生观察，未婚时，先纳一妾王氏，生子矣。程太夫人始来归，子修生而失乳，庶母晡（哺）之。比长，王夫人笑问曰："汝虽嫡出，固我所抚养，将来何以为报乎？"修筹思至再，对曰："母百年后，当视为所生，一例丁忧。"王夫人颔之。子修得翰林后，其子士鉴亦得榜眼，父子同时翰苑，荣誉翕然。顾家境甚贫，非得试差，别无资生之策，子修客孙莱山枢密幕中，主宾极洽，试差指日可得。忽王夫人病卒，子修果呈报丁忧，为之持服三年。此虽无礼之礼，亦可见其性情之厚矣。

五八　吴䌹斋编修

庚寅五月，余应学正学录试，吴子修太史亦为其子士鉴买卷入场。榜发，士鉴落第。亡弟仲高适在京，谓余曰："是儿若中进士，决可问鼎。"盖士鉴为仲高之表内侄，固深知之也。壬辰，士鉴果得榜眼及第，仲高亡已二年矣。士鉴旋入南书房，屡得试差，子修亦恒掌文衡，父子同时为名翰林，洵为佳话，子修尤为福人也。

五九　文廷式

壬辰，翰林大考，未及扃试，内出手谕云："一等第一文廷式。"上亲笔也。廷式庚寅始入翰林，甫两年，遂为侍读学士，正四品，盖珍、瑾二妃为其女弟子，上久知其才也。

文廷式既得圣眷，一时翰林之无耻者，争为膻附。是时上久亲政，所以奉养太后者，无微不至，尤不惜财力。外人有传说两宫不相能者，廷式欲媚上见好，且得沽名市直，率同官同好数人，联名奏讦太后奢侈之非，且隐肆丑诋。上见之大怒，以为对子议母，目无君上，将予严谴。

珍妃为之涕泣求恩，长跪不起，乃降手谕，发贴军械处直房云：“文廷式、周锡恩、张謇、费念慈等，均著永停差使。”于是诸人纷纷出京，而廷式独留，依然肆言无忌。又为内廷所知，得旨革职，永不叙用。

六〇　陈御三编修

江宁陈御三同年光宇，与浙江夏曾佑同负盛名，又同有枪替之谤。壬辰考差时，有旨编修陈光宇考试试差及本年大考，皆不准录取。御三闻信，即不愿入场。余言翰林应试，乃本分内事，得失固无足轻重，不得对君父使气。御三悚然从之。出场以所作示吾，固斟酌稳洽，初非轻率。御三与吾交情至深，于吾言无不䜣合，此其一端也，惜未及中寿死矣。其人实性情中人，不随流俗者也。

六一　吕秋樵

滁州吕秋樵增祥，余丙子冬与之订交扬州，直谅多闻，最为平生执友。光绪己卯，与先从兄蔚甫同举孝廉，会试两次报罢，以县令需次直隶。余丙戌年客天津，主(住) 其家者半载。后从李伯行使日本为参赞。使还仍官直隶，补临榆县，调署天津，廉静为一时之冠。辛丑权开州牧，到官二十五日，以勤劳得疾遽卒。乡民巷哭，哀痛如丧其亲，争以青蚨相赙，始克成敛。呜乎，斯可谓循吏者矣！时当拳匪之后，李文忠方与联军议和，骤闻君卒，惊愕不语者半日；未几，徐寿朋亦物故，文忠复怛悼悲切，盖两君皆文忠最赏者也。文忠年将八十，两度哀伤，遂薨于位。遗折命于晦若主稿，举周馥为代。杨士骧时与晦若同在文忠幕中主缮写，辄于周馥下添注山东巡抚袁世凯，于是项城遂继合肥督直矣。

六二　郑祝君

光绪己卯之春，余客白下，下榻郑祝君寓中，即快园旧址也。偶作长古一章，赠吕秋樵。适书院扃试，秋樵以吾诗夹诗韵中，携之入场，盖将和而未成者。吾诗为其同人所见，争相企慕，愿来纳交。出场即偕秋樵来访，凡十余人，皆一时之隽，因拉入酒楼轰饮。自此秦淮画舫，排日为欢，始于禊日，至浴佛节，三十余日，极酣畅淋漓之致，无日不会，无会不赋诗作字。薛慰农丈方为惜阴书院山长，闻而忌之，以努力修名见勖，其实吾所与同游诸君，大半慰翁竹林之侣也。是时友人最契者，秋樵、祝君外，为王寿芸、韩紫莀、王海珊、陈御三、叶仲衡、濮啸筠、周尼述诸人。御三、仲衡后与余戊子同年。

六三　张寅伯师

钱唐张寅伯先生景云，余儿时受业师也。咸丰中，先生叔侄三人，与董慎言、慎行兄弟，同负文坛虎将之誉，杭人推为“三张两董”。余及门时，年甫十四，先生见所作文字诗赋，极口欣赏，尝曰：“吾课徒数十年，惟濮子潼、汪瑞高两人为吾门之望，才亦相埒，今并尔为三矣。”潼后由翰林出守，洊至江苏巡抚，汪由拔贡部曹，官至长芦运使，独吾浮沈尘俗，了无所成，为羊公不舞之鹤，可愧也。当时荫椿世兄，尚在乳哺，后乃与余同举戊子贤书，年尚未冠。己丑，先生送其计偕入都，寓仁钱馆，每见余必追道往事，其欣快可知也。

六四　吴康甫二尹

桐城吴康甫二尹廷康，道光中，即以小官浮沈浙江，光绪间始卒。屡次寇乱，俱免于难，殆天幸也。极精金石考据之学，与何子贞、苗仙露皆至交，所作篆隶，雅健绝伦，顾同时人多轻之。良辰佳节，恒以联扇等事遍献上官，亦颇遭厌弃，往往掷诸字簏。吴君卒时，年近九十，身后声价顿增，几过完白山人，往往酱瓿之余，多方购觅。此古人所以不求浮誉，固知后世必有桓谭也。

六五　吴鹤舲

余杭吴鹤舲，名懋祺，亦号一芝。同治中，先公官温处道，延吴主书记，笔墨秀洁，制行亦端谨。先公爱其才调不凡，命小子订交焉。是为余平生交友之始。鹤舲尤好为诗，几有日课。是时余年十四，恒与唱和。至壬申年，同返杭州，寓庐相近，日必往还二三次，踪迹亲密，两人至相得也。鹤舲欲执贽先公门下，忽先公遘疾，不果。鹤舲创益社文会，集同志数十人，月课二次，咸请名宿评阅。余每与掎裳角艺，至以为乐。后先祖母吴太夫人弃养，余侍先公奉讳还扬州，始与违异，仅于邮筒中，互相慰勉而已。癸酉、乙亥、己卯，余与鹤舲皆连为有司所摈，鹤舲寓书相勉，谓吾辈文章，若不能夺命者，则亦未可怨命，其胸襟可知矣。鹤舲旋登壬午贤书，官定海训导，癸未报罢南返，与余相遇上海，数日别去。余往朝鲜，音耗遂阔。丙戌，余来京师晤郑仁甫，问鹤舲近状，则已于昨岁病酒亡矣。悲夫悲夫，君年甫逾四十也。君娶同邑褚氏，亦能诗，唱随相得，有高柔爱玩之志。二子中声、和声。癸巳、甲午相继中式，中声官湖北知县，和声由内阁中书俸满，选四川同知。辛亥后，中声卖文奉母，和声以知事需次山左，皆汲汲有饥寒之忧，可伤也。褚嫂去年病逝，将八十矣。所著《望云楼诗》，附鹤舲《一芝草堂集》以传。

六六　杨小斋大令

江都杨小斋大令钟俊，少时执贽先公门下，因乱废学，复从先公随办江北团练。先公初官江西，继改浙江，小斋皆以县丞相从，日侍左右，后遂申以婚姻。吾小时与之相习，不啻同堂兄弟也。小斋于文事非所长，而书法特娟妙，颇负时誉。其子仲篴、叔聃，皆能书，称其家法，叔聃尤能文，佳子弟也。

六七　陈逸耘秀才

甘泉陈逸耘秀才，名念东，少受业梅蕴生之门，及见仪征太傅，文名与陈六舟相埒。咸丰壬子，将贡优行，以奉讳作罢。六舟回翔翰苑，洊历疆圻，逸耘依然老诸生也。怆怀身世，谈次辄道承平人物之盛，风俗之美，极不为少年所喜，而逸耘罕与后生款洽，有顾影无俦之感。独昵就余，恒来吾斋作竟日谭。余亦乐与周旋，可得道咸以来旧闻轶事也。逸耘家素贫，晚年卖字为活，勉度晨夕。其书专学华亭，边幅稍小，然在让翁之后，扬州已无与为敌矣。辛丑冬，余还江北，逸耘已前卒，年盖七十余。

六八　余文凤孝廉

扬州余文凤孝廉，余之侄孙婿也，同治甲子登贤书，后经营商业，不入仕途。其子伯昂，光绪末入赀为湖北县令，天真烂漫，每来叩谒，孺慕依依，微惜其孩气不除耳。余常托黄伯雨太守照拂之。听鼓年余，浩然而归，盖其家尚可自给，不须禄养也。板荡后，访余京师，谓遭乱困踬，不得不出而谋食，今将往黑龙江矣。余置酒款之，且致慰勉乃别。后未得其信。方在悬切，忽闻有人自彼方来者，言伯昂卸装未久，感寒疾死矣。可悼可悼。其外祖德峻，昔时亦感寒而殉。今已四十年，门衰祚薄，尚盼伯昂腾达吐气，以壮外家，而竟短折塞外，天道宁复可论耶！

六九　谢石溪广文

漂（溧）阳谢石溪广文，名逢源，为仪征李晴峰入室弟子。晴峰先生名光炘，设教龙川，今之文中子也。得其门者，无不心悦诚服。石溪长余二十年，订交后，恒愿引余从学。先母以事非习见，禁弗许。然李先生过扬州时，余辄往亲炙，颇蒙赏爱，余则终为私淑而已。先生归道山后，继起传学者，为蒋子明。蒋物故，主持坛坫者为黄隰朋，闻其门下已近万人，可谓盛矣。石溪言蒋先生教胜于养，黄先生养胜于教。甲申年龙川先生客游上海，石溪、隰朋及诸弟子皆从。余适道出上海，时陪游宴焉。

七〇　朱曼君

曼君与余文字至交，其品谊若何，无容置喙。季直亦与余相稔，得大魁后，以劝常熟师相轻开边衅，遂大不理于众口，因在南中经营商业，不复入都。辛亥后，垄断淮盐，益为豪富。项城时一为总长，失意而归，其行止若何，世人多有知者，余亦不复赘说。彦升自是乡鄙自好之士，曼君早死，未为非福也。

七一　秦澹如

先友秦澹如先生缃业，为小岘侍郎之子，以诗古文词名一时，尝获交梅伯言、姚石甫诸君，其论文以朴实说理为主，语太现成，意涉凡近者，尤所严禁。殁后，其子乙青司马为刻《虹桥老屋遗集》四册，虽不足推倒一时，固是正法眼藏，余谓实胜管异之因寄轩也。

七二　雷亚公明经

湖北雷亚公明经以成，南学门人也，丰才博学，书法亦秀健绝俗，著有《三国志增注》十二卷，精核可传。亚公求为作序，未及属稿，拳匪事起，亚公移居城外，将谋归计，属同门施聘卿孝廉子珩来催序，且取所著书。余以聘卿乃其同乡至好，检以付之，并告以他日再为作序。不数日，闻亚公以急病卒，聘卿亦出都。越二年，亚公之弟僧墨礼部名以动者来谒，执礼甚恭，且言其兄弥留时，告以书在王师处，愿得取归云云。余以此书久为施聘卿取去，彼时亚公尚在，何以不还原主，因属其更访聘卿求之。后来不审果索得否。其书信为佳制，手钞六巨册，小楷亦精绝，聘卿与亚公交非恒泛，文字亦斐然可爱，似不至干没。设竟以舟车转徙，遗失无存，滋可痛惜矣。

七三　宫岛大八、中岛裁之

光绪丁亥，余在准仲莱太史家课徒，忽有日本人宫岛大八，持吾友吕秋樵信来访。其人甫及冠，有志求学中国者。余时将从盛军于小站，婉词谢之。彼乃向吾求师，意甚诚。不得已为之作函，介绍于张廉卿，令往保定投谒，廉翁时为莲池书院山长也。张见吾书大喜，留置门下，三年始归。后曼君谓廉翁甚爱其人也。宫岛还国后，为大师，长学部，东人闻风企慕。有中岛裁之者，复来中国保定求师，而是时廉翁已卒，继为莲池山长者为吴挚甫。中岛复执贽受业，挚翁亦颇爱之。然张、吴两君，皆古文高手，此事非数年可了，又岂异国人浮慕浅尝，可以得门而入者，甚矣好名之心，中外不免也。

七四　尹元仲舍人、厚庵司马

庚寅、辛卯之间，余居扬州，恒与尹元仲舍人、厚庵司马兄弟，往还酬酢，极寓公之乐。板荡后，相遇海上，彼此白发颓然，盖违异二十余年矣。未几，元仲、厚庵先后作古，余重入都门，充陆军部秘书，晤石公世兄，厚庵子也。时在农业学堂做汉文教习，诗古文词皆有门径，读书亦颇淹博。故人有子，信能振起家声者，是为数年来第一快事。

七五　汪子侨孝廉

杭州汪子侨孝廉行恭，清才绝俗，复能潜心用功。戊寅、己卯之间，恒相见于澹如秦丈座中。汪时为夏子松学使襄校试卷，又相遇于秦淮，谭宴极乐。次年子侨与徐花农结伴应礼部试，同寓一室，场后偶感微疾，放榜日，花农获隽，子侨于枕上索报纸阅之，一叹而逝，年仅二十三。有才无命，可为太息。使天假之年，成就殆未可量，其用功与李莼客大略相似，而性情竺厚，心气和平，尤不可及，不意其竟为勤学死也。

七六　吴董卿、王义门

余幼即好从长者游，罕有裙屐之友，在扬州时，惟与钱塘吴董卿用威、江都王义门景沂相稔。两君年少才高，貌皆英秀，复沈潜好学，不逐声色，尤为畏友。别将三十年，音讯阔绝。上年在京，遇董卿于海王村，遇义门于亭林祠，已皆须发颁白，义门更长髯飘然，对面几不相识。两君腾掷名场，令闻日至，而吾则濩落无成。崦嵫已迫，眷言畴曩，可胜怃然。

七七　戴子开观察

丹徒戴子开观察启文，为涧邻先生之子，涧翁与先五兄道光癸卯同年。先公改官浙江，涧翁方以知府候补，执礼甚恭，辞之不可，乃与通谱，年实长于先公也。子开亦长余十二年，其时余甫九岁，子开始逾冠耳。子开好为诗，余虽在垂髫，亦间与酬答，后又同寓扬州，恒联诗文之社。光绪初，子开复入赀官浙省，余则糊口四方，不相见者几三十年。辛亥九月，遇于上海，则皆皤然老矣。子开旋以巨册数本属题，余取阅之，乃我之书札诗翰也。虽儿时片纸只字，亦列其中，可胜惶恐。子开殊不为魏公藏拙，然交谊之笃厚，可想见矣。前年子开卒于杭州，其子厚斋、鹤皋兄弟，乞余为其家传，适余卧病，未及属稿，至今犹负此诺也。

七八　马伯良

扬州有马伯良者，其弟市侩也，伯良识字无多，而好吟诗。一日介吾友谢石溪来见，举步摇曳，信口吟哦，见之令人失笑。吾问石溪，此人何足与语，石溪曰："是空谷之足音也，且童蒙求我，庸何伤乎？"余曰："既如是，盍为之指其迷途，正其疵谬？"石溪曰："不然。彼已五十余，自鸣得意，吾无以教之，惟点头赞好而已，正如读《儒林外史》耳。"吾初疑石溪轻薄，既而果然。伯良每自诵其诗，辄口讲指画，且做密密圈形，极可笑哂。吾亦只可随声赞好，伯良闻而大喜，日以佳肴美酒相款，皆丰腆精新，吾与石溪，遂大饱馋吻。余后入都入鄂，二十余年，比再至扬州，不见伯良其人，想已修文天上矣。余尝戏语石溪，与此君相对，不独如读《儒林外史》也，亦彷佛《绿野仙踪》冷于冰之求仙。石溪抚掌大笑。

七九　宫子猷

宫子猷临王觉斯，入神品，忠勤藏其屏联甚多，王芗臣得其大屏四幅尤精。芗臣遇难，什物荡然，此屏想归天上矣。

八〇　赵声伯

南丰赵声伯，名世骏，学《雁塔圣教序》，入能品，然止能作方寸楷书耳。其自为书，则俗弱无可取，大字尤恶劣。以此知书虽小道，必天资、学力两臻其胜，方能入妙，非易事也。

八一　裴伯谦

裴伯谦好聚金石，而寄目于耳，每为市侩所绐。富豪好古，固应尔也。程少周告我，伯谦有唐拓兰亭，亟往借观，虽系宋拓，不如翻刻之精。比见吾匮纸拓本，乃曰："此可以充定武矣。"余急掩耳而去，此辈何足与论黑白哉！

八二　张云门孝廉

扬州张云门孝廉，名鹤第，客北京，寓居宣武坊南扬州老馆，好客尤好诗，日必吟咏，数日不见，所作辄盈寸。诗未必尽工，为之不已，亦自有进境。惜吾老懒，无以助其成业也。

八三　程小江

吾邑程小江先生学说，秉铎数十年，为安庆府教授以终。书法唐碑，迥异凡近，历为学使所赏，惟生平足迹未出皖省一步，名亦不显。以此叹古来英雄豪杰，埋没于庸耳俗目者，为不少也。

八四　周尼述茂才

上元周尼述茂才蒙，年少多才，读书亦甚渊博，为诗文，下笔立就。尝赋诗，有“白云如练曳山来”句，俞曲园见而赏之，因呼为“周曳山”。惜天不永年，未及三十而卒。

八五　邱履平

海州邱履平赞府心坦，悃幅无华，尝偕其兄从张运兰治军出征，屡立功绩。张公阵亡，乃依吴长庆于山东，复从征朝鲜，然但低头治军书，不复挥刀斫阵矣。履平尤好作诗，吟咏不辍。其诗一以少陵为宗，虽太白亦在所弃，故所作精警老成，能到工部拙处。同幕朱曼君，极倾倒之。吴公薨，邱亦旋卒。旧友周玉山，复为刻遗诗二卷，惜印刷无多，流传不广，名亦不甚著，可慨也。

八六　江竹浦

人生脆弱，天理难凭。江竹浦为容方都转之子，卞颂臣制军之婿。小时游学日本，归就廷试，授法科举人。民国初建，官江苏检察厅长，其兄鞠浦为众议院议员。鞠浦省母上海，将还都，竹浦寄书属缓两日行，当来相送，且商量家事。鞠浦答言假期久逾，不能更待，家事自可函商，无须面见。乃鞠浦到京之夕，得报竹浦死矣，前后五六日耳。初无病痛，良可骇怪。竹浦雅才，貌亦端秀，年甫三十有三，竟不永年。其人亦无绮纨佻侻之习，在诸昆中最为谨饬者，虽不足与颜跖同科，亦可悟彭殇一致矣。

八七　张栩人运使

张栩人病后，好谈佛理，近有书与吾，并送阅杨仁山所著书，殆欲引我入胜者。余老矣，于道毫无所得，惟服膺东坡所言“鸡猪鱼蒜，遇着便吃，生老病死，符到奉行”十六字，以为最上乘，余皆口头禅耳。身在世间而欲出世，安得使吾一家上下，皆拔宅飞升耶？或谓余为是言，信所谓“嗜欲深则天机浅”者。余谓此兼爱之说，君又将援我入墨乎？相与一笑。

八八　张文襄

张香涛为人作寿序，大诋朝贵。江蓉舫见其底稿，援笔改定数十字，且告之曰："君文笔气殊倜傥，惟新进少年，总以谦慎为主，不宜信口轻肆至此。"香涛闻而恨之。迨蓉翁官山西布政使时，香涛已骤擢山西巡抚，到任即首劾之，降用道员。及蓉舫官汉黄德道，张升鄂督，蓉翁除两淮运使，张又移署两江，犹以前憾，捋扯不已。适江防款绌，授意筹献三十万金，蓉翁挥泪应命，张乃释嫌寻好，立时保其三代以正一品封典。此何异儿童之喜怒哉！然两公宦辙相寻，亦是奇事。

香翁在武昌时，日本伊藤博文将来游黄鹤楼。公命江夏县令会同善后局，优为款接。谕曰馆宇内外陈设装饰，及一切饮馔之类，务极华美，不限费用，总以豪侈为主。逮伊藤至，仅居两日而去，临行叹曰："金钱可惜！"计此两日所费，共合银七万六千余两，滥用如此之多，而反为外人所笑，亦可慨矣。

福州陈石遗孝廉衍，诗才清俊，庚寅之秋，与余同在上海制造局，后又与余同在张文襄幕府。时正苦库储匮乏，石遗建议改铸当十铜元，谓二钱之本，可得八钱之利。余谓此病民之策，何异饮鸩救渴，决不可为，君他日亦必自受其害。石遗摇首不答。文襄欣然从之。未几，各省纷纷效尤，民生自此益蹙，不免灾害并至矣。哀哉！

八九　王觉生

国朝官制，国子监祭酒为正四品官。光绪壬寅，山左王觉生埒为大司成，奉旨改祭酒为正三品。年余，觉翁升阁学去，又得旨祭酒复叙四品。是本朝二百数十年，惟王觉生一人做三品祭酒耳，此亦成均佳话也。

九〇　徐菊人

定例翰林院编修，须满六年资格，方可迁转。此六年中，一日不得间断，若有事出京，亦须回时按日补足。袁项城练兵小站时，延徐太史世昌参其军事，呈请王夔石制军为求免扣资格，奉旨："徐世昌准其在营效力，所请免扣资格之处，著无庸议。"于是徐君仍回原衙门行走，但受小站营务处虚衔，月支数百元薪俸而已。向来翰林迁转，虽有六年资格，而每遇缺出，必以二十人引见，皆为首者得旨补授，余十九人随班而散，俗谓之"抬轿"。光绪壬寅之冬，国子监司业出缺，吾乡朱延熙引见居首，以为必可得矣。散朝后，普请成均官长于东华门九和兴酒楼，未终席，得报司业已放徐世昌，遂匆匆一揖而散，徐之班次在第十三，越级得之，异数也。朱不数日，放湖南盐道以去。

九一　姜桂题

姜桂题，亳（亳）州人，从毅军多年，保至提督。初无战绩之可言，只随班叙劳耳。甲午中东事起，宋帅督师出关，令桂题偕程允和驻防旅顺口，掠得侦谍十余人，斩其首，穿其耳，悬之于树，以示威武。旅顺面海背山，口内宏阔，足容海舰数百艘，冬令不冻，最为美港。李文忠经营布置，设海军提督衙署于此，并建船坞，以毅、庆两军戍守，屹为北洋重镇。姜、程两君专顾海面，不虞倭兵两万人，越山猝至，急登舟逸。倭人见树间示众之首级，愤怒屠戮，人民无一免者，亦惨矣哉！事闻，姜桂题、程允和皆革职，永不叙用。

九二　周峋芝

山阴周峋芝嵩尧，丁酉孝廉，清季官邮传部郎中。板荡后客江西，入李纯幕，以道尹荐用。入都后，王士珍言于项城，留充统率办事处秘书，与吾同事，谭宴相得。其人诚飞书草檄之才也。项城物故，改发江南，复为李纯罗致至赣。迨李移督江苏，又随节为秘书长，信宾主尽东南之美矣。李旋荐其为江苏省长，东海迟疑不决。未几，李为人狙击而亡，诬以自戕，且诈为亲笔遗嘱，政府明知其冤诬，而不敢过问。峋芝眼见其事，亦谬为不知，而省长之说遂寝。

九三　赵次帅

赵次珊，继南皮为鄂督，其公事图章文曰“真实清楚”，岂大事不胡涂之说耶？继赵督鄂者为贵阳陈小石。光绪戊申，余司榷府河口，一日偶见邸抄，宜昌府通判衙署移驻鸦雀岭，余惊索奏稿阅之，盖创议于赵，而陈申其说者。其言宜昌府通判，向与本府同城，别无泛地，不如改驻鸦雀岭坐镇之为善，奉旨照准。不知通判泛地，原在西坝，其衙署为同治九年大水冲坏，因借居城内充公之屋。今西坝居民数百家，尚称繁盛，署址租与土人搭盖草屋。立券：何时建署何时拆让，故诛茅而不肯覆瓦。其租价甚廉，皆以之抵作胥吏之工食，由来久矣。鸦雀岭在万山之巅，仅二里余之街市，悉教民与土匪杂居。其地虽仅一街，而为东湖、宜都、当阳三县之界，东湖属宜昌府，宜都属荆州府，而当阳又属荆门州，为襄阳道所辖。是地虽二里余，而管于三县，且隶于两道，何得更名为宜昌府通判耶？况吾为本官实缺，讵可不相知会，遽行奏改耶？亟驰函荆宜观察宜昌太守争之，均以赵帅原奏，陈帅代上，业已奉旨，无可挽回为答。余以暂不回任，姑委蛇以俟将来。后与吴孝膺言及兹事，咸服赵帅之果能“真实清楚”也。

九四　姚颂虞

命运之说，智者不道，然确有可信。姚颂虞者，盛宣怀之婿，少年美秀，又富有多金，为工部额外司员，永无补缺之望。庚子乱时，以两万金买得珠宝数簏，皆内府所藏也。回銮，复重贿李太监莲英，丐其代为呈进。太后见之大喜，手取十八粒珠串佩之，盖素所爱也。因问李云：“该员所费几何？”李对闻系八十万金。太后笑曰：“此在乱时耳，平时足值二百万矣。”李唯唯。立时传旨赐宴，并命以道员即选，所谓特旨班也。已而湖南盐道当选而补朱延熙。太后问何故，吏部以朱应得司业，既改补徐世昌，合行补外，更有缺出，当归姚得。未几又有一道缺，复为他人得去。太后甚怒，责问吏部，则适有一应补班到京，不得不尽其占先。太后怒曰：“事既如此，再有缺出，不补姚者，以违旨论。”吏部悚然而退。又不数日，芜湖道出缺，以为非姚莫属矣。姚亦甚自快慰，余偶与姚相见于妙云处，为之称贺。姚曰三日后引见，即可奉旨矣。余忽讶其颜色委顿，问有何不适，答曰：“无他，第腹中微泻耳。”夜间酒罢别去，次日忽得告，姚归竟一泻而亡，真可惊叹。古人常言，君相可以造命。由此观之，徒虚语耳。

九五　李小峰

先友李小峰观察光熙，广东嘉应州人，同治中在扬州创办保甲，有能吏名。光绪元年丁内艰归时，粤抚丁公日昌邀其先至广州议事，乃海舟触礁，舟将沈没，洋人争以舢板救人。李公抚棺指皮箱谓同舟人曰："此八箱皆金钱也。有人能以棺柩扛上舢板者，悉以相赠。"时舟已将沈，舟人相顾无计，公长子□源随行者，已救上舢板矣，闻公抱棺不去，复跃上大船，与父同殉于海。呜呼，可谓难能也已！次子培源与吾交，官至江苏知府；少子维源官安徽州县，有声，今官庐凤道尹，曾一权省长。

九六　冯焌光

光绪丁丑正月，两江总督沈葆桢、江苏巡抚吴元炳，会奏苏松太道冯焌光，因伊父冯玉衡病故伊犁戍所，禀请开缺，前往迎柩。奉旨："冯焌光著加恩免其开缺，赏假一年。江苏苏松太道篆务著沈葆桢、吴元炳拣员署理。"定例丁忧人员均须开缺守制，惟满人穿孝百日后，不开缺，照旧当差，惟三年中不得升转耳。冯公何以不报丁忧，但请开缺，而朝旨又何以赏假一年，虽曰加恩，究不可解。

九七　康有为

康有为者，康国器方伯之孙辈，康雄飞观察之侄也。改名祖彝，应试乙未，得进士，复改用原名，以长素为号，自命长于素王，其诞妄可知。其实晋人中固有长素之号，未敢为诞说也。未捷前，伏阙上万言书，大谈时政，又著《伪经考》，以惊鄙儒。一时王公大人，群震其名，以为宣尼复生，遂呼为“康圣人”。甲午会试，各省举子毕集，有为创“保国会”，士子争辏其门，多有执贽称弟子者。吾友徐积余亦往请谒，归向余说康先生问皖人之有闻者，彼举吾以对。因劝我同往访之。余敬谢不敏，积余怏怏而去。次年礼闱，有为一卷为吾友余寿平所荐，而徐荫轩相国取中。朝殿后引见，以部属用。有为既捷，声名愈大，而趾高气扬亦愈甚。是年秋间，余遇有为于陈次亮座上，闻两人相对妄谈，疾掩耳而去。而有为虚声所播，圣主亦颇闻之，将为不次之擢。常熟窃窥上意，因具折力保，谓康有为之才，实胜臣十倍。既又虑其人他日或有越轨，乃又加“人之心术，能否初终异辙，臣亦未敢深知”等语。以为此等言词，可以不至受过矣。孰意大谬不然，斯亦巧妙太过之一误也。乙未之秋，余访陈次亮于西珠市口，坐未定，忽有冠服者昂然而入，主人略一欠身，客便就坐，问其姓字，则新科部曹康有为也。次亮手摩其首曰：“头痛。”康叹曰：“时事不可为矣，先生何必自苦乃尔。”陈亦咨嗟不已。因言两江曾帅又出缺，今任何人为宜乎？因泛论当时人物，既而曰：“刘岘庄似可，且曾督两江，固当不至蹉跌。”康抚掌称善。陈言便可决计，无用游移。两人问答如此，直忘其一为员外而章京，一为新进之主事，乃妄人耳。余亟掩耳而去。已而两江一席果属刘公，亦可谓善于揣摩者矣。

九八　吴楚生

滇南吴楚生检讨式钊，以崇奉洋人，为徐荫轩相国所恶，因案革职，递回原籍，永远监禁。庚子拳乱，联军入都，其至好沈荩为之请于某国公使，商之全权大臣，将其释回。吴旋京后，趾高气扬，较未得罪前尤为诞纵。已而欲图开复原官，问计于李盛铎。李曰此实不易，必欲图之，殆非检举康梁余党不可，谓康有为、梁启超也。吴曰：“是猝不可得，举发唐才常一党何如？”李曰：“似可。”唐才常者，湘人，新为张香涛奏请正法，盖主张革命者。沈荩固与相稔，避祸来京。吴知之，乃写呈告发，请李代递。慈圣见之大怒，以在德宗万寿期内，不便行刑，手批沈荩即日杖毙，吴式钊以六部主事用。吴犹以未得翰林为憾，复举生平所识而有名于时者三十余人献之，谓皆沈荩之党。慈圣置而不问，于是大祸始浸。而吴式钊之卖友，亦可骇矣。

九九　沈愚溪

光绪癸卯之春，沈愚溪在京，为天津报馆访事。月以四十元贿电报局学生，为钞往来各电。时张督部之洞述职入都，当在鄂启行时，每日必有两电寄荣仲华相国。上云“北京荣中堂钧鉴：之洞某日某时至某处，之洞谨禀”云云。其途中无电局之处，亦预为声叙。此可见当时荣相气焰之盛。

一〇〇　载漪

辛亥革命事起，各省囚系皆释，虽命盗重案，亦概不予究。比项城为总统，复普行赦宥，与民更始，固易代之通例也。端郡王载漪，为惇亲王之子，庚子之乱，偕庄亲王载勉、镇国公载澜、徐相国桐、赵尚书舒翘等主持义和团，遂至两宫出狩，联军入都。朝廷严定罪案，或置重典，或革爵安置。端王以亲贵遣戍，今二十年矣。浩劫迁流，已成隔世。近端王来京，存问亲友，亦不过摩挲铜狄耳。洋人闻其复来，恐其更有排外之想，因函询外交部。部长告诸东海，东海大惧，设法劝令回戍，诡词以告洋人，谓本大总统已派员押解出京云云。吾不为端王慨，第为东海哀耳。

一〇一　载泽

辅国公载泽，宗室近支也。光绪之季，总管财政，大肆侵渔，又贿赂公行，任人笑骂。瑞澂乃其郎舅，亦相为狼狈。辛亥八月，瑞澂弃湖北而逃，潜伏上海，泽公为其夤缘免罪，且寄三十万元与之，托名招兵恢复之费。清社既屋，泽公杜门做富家翁，乃心犹未足，辄盗卖诸陵东陵之树，得一千八百万元。现时直隶省长及地方各绅士，群起讼之，未识如何结束。窃怪此等大事，非可以怀袖间私相授受者，又非洋公司，无此雄厚售主，且即有洋公司，亦岂能但凭泽公一人之言，冒昧成交？泽公诚贪妄无知，又何敢轻犯众怒，造此罪案？是真不可解耳！

一〇二　载涛、载洵

涛贝勒、洵贝子，皆醇贤亲王之子，景皇帝之胞弟也。宣统初元，贝勒巡阅海军，道出湖北，陈夔龙方为鄂督，闻贝勒将至，迎之于武穴。呈递手版后，传谕到汉口再见。比折回汉口，率同省藩臬以下各官，伏谒道左，贝勒抗不为礼。至行台，分班叩见，亦植立如泥塑人。众咸愕然。以其亲贵，亦不敢措一语。不知王公大臣班次相等，乃狂妄至此，殆不识礼法为何物，可哀也已。

一〇三　袁克文

袁克文为项城之第二子，其母朝鲜人也，性好风雅，爱与文士周旋。易顺鼎、罗惇曧辈，日奔走其门，群以曹子建推之。袁亦自鸣得意。当洪宪时，广购宋板书籍，每卷必钤皇二子小印，书固未问价也。克文又好度曲。项城殂后，有人在江西会馆张筵请客，遍召优伶。昆明赵子衡邀余观剧，余入座时，正见克文演《醉酒》一出，饰杨贵妃，珠冠宫装，天然流媚，直忘其身为男子者。是日，又见侗将军演《空城计》，亦颇可观。侗为伦贝子胞弟，亦天潢贵胄也。

趋庭随笔

江庸　著

导　言

《趋庭随笔》，系江庸先生所编撰。成书于20世纪30年代，由北平朝阳学院出版。原书早已绝版，读者无从觅得。现依据文海出版社《近代中国史料丛刊》（第九辑）之《趋庭随笔》加以标点，补拟标题，以飨读者。

《趋庭随笔》是一部具史料与学术价值的著作。书中所记，大半为晚清至民初的官宦闻人、名士显贵的言行种种，或愚或智，或贪或暴，或吟风颂月，或慷慨悲歌，皆以轶闻趣事出之，弥足珍贵。编撰者行文雅洁，质朴无华，间亦有清词丽语，穿插其间，更使文章摇曳多姿。

江庸系江瀚之贤哲嗣，父子二人均为清末民初声誉颇隆之文化名人。著作甚丰，海内风传。江瀚以显宦而学者，所提供之见闻，当属翔实。江庸为我国现代著名法学家，执教国内各大学，做人为学更见严谨。因而，《趋庭随笔》一书，当信而不妄也。

张继红

自　序

余生五十有七年，自垂髫迄今，盖无一二年离吾父母之侧。斯卷涉及经史，多习闻庭训，退而自记，经吾父所涂改者。人生年近六十，犹获依父母膝下，并世已罕见其人。矧父之于余，则父而师也。此数十寒暑中，凡于旧学有疑而莫释，懵而弗知者，皆得于定省之时，一一乞教于吾父，而欣然餍其所欲，是则愈非他人所能希冀。惜余于学问之道，未能潜心研求，往往浅尝而止，深负吾父教诲之意。斯卷所记，皆饾饤糟粕，不足一观。然韩氏之子，不辨金根，余之谫劣，阅者或亦不过督耳。中华民国二十三年八月江庸识于淀园之眺远斋。

一　文彦博喜接近少年

吴曾《能改斋漫录》云："文潞公尝曰：人但以彦博长年为庆，独不知阅世既久，内外亲戚皆亡，一时交游，凋零殆尽，所接皆邈然少年，无可论旧事者。"大率老年皆有此慨，唯家父年近八旬，喜与少年接近，亦不以论旧事为乐，此诚期颐之征，可庆也。

二　欧阳修论琴帖

为学贵知不足，处境则贵知足。知足，然后可以自适其适也。张端义《贵耳集》"欧阳永叔论琴帖"云："为夷陵令时，得琴一张于河南刘矶，盖常琴。后做舍人，又得一琴，乃张粤琴也。后做学士，又得一琴，则雷琴也。官愈昌，琴愈贵，而志愈不乐。在夷陵，青山绿水，日在目前，无复俗累，琴虽不佳，意则自释。及做舍人学士，日奔走于尘土中，声利扰扰，无复清思，琴虽佳，意则昏杂，何由有乐？乃知在人不在器也。若有心自释，无弦可也。"永叔此言，殊堪玩味。余年逾五十，双亲俱健，菽水无忧，身心交泰，读书之暇，辄徜徉于山水之间，人生如此，亦复何求？岂必自置名园，盛营别墅，异书盈室，名画充箧，而后快然自足哉？吕与叔尝作诗云："文如元凯徒成癖，赋似相如只类俳。惟有孔门无一事，止传颜子得心斋。”杨中立云：“知此诗，则可以读‘三百篇’矣。”宋儒此种议论，直是谬妄。子以四教，文、行、忠、信。孔门四科，德行、政事、言语、文学。颜渊亦云：“（夫子）博我以文，约我以礼。”孔门何尝无一事，颜子亦岂止心斋。心斋出《庄子》，初不见儒家之书，三百篇莫不有事在，如龟山者，乃真未可与言诗者也。

三　赵舒翘为官之道

赵舒翘以刑曹简凤阳府知府，不十年，开抚江苏，所至有清名。迨官司寇，入军机则仰承上意，逶迤进退而已。赵与刚毅素昵，当拳匪初起，余在京师，孝钦欲遣刚、赵出京察看。刚还朝，密陈拳民志在灭洋，非叛逆可比，今已首受约，不如抚而用之。赵心知其谬，不敢直言。沈家本子惇，有大毛村哭天水尚书诗：“君独知其非，密陈不可恃。”赵对人言，诚知其非，然密陈不可恃，殆非事实。拳匪既不得逞于使馆，日于城乡掠杀良民以快其意，一日虏大小男妇百余人，诬为妖人，交刑部处斩。司官以例须问取口供乃能定罪，面请赵示，赵云：“此亦天意，何问为？”遂骈诛焉。乔茂萱丈方官刑部，盖目击其事。《驴背集》谓刑部鞫之，与所闻稍异。

四　孙渊如三教论

孙渊如《问字堂集》三教论，谓释典连篇累牍，大抵沙门以释教为游说之资，文士之失职者，又从而缘饰附会，其事其书，并不得比于道家吐纳之术，黄白之方犹传古法，故渊如虽辟佛而颇喜道经，道经鄙诞，如黄帝五经，乃道藏之下乘。渊如既刻之平津馆丛书，而岱南阁集观风试士策，亦以黄帝授三子玄女经为问，其迷信可知。殆无异唐武宗大毁佛寺，复僧尼为民，乃重方士亲受法箓也。

五　十位相马名家

古之善相马者，寒风氏相口齿，麻朝相颊，子女厉相目，卫忌相髭，许鄙相尻，投我（伐）褐相胸，管青相膹肳，陈悲相股脚，秦牙相前，赞君相后。凡此十人，天下之良工也。若赵之王良，秦之伯乐、九方堙，犹尽其妙矣。见《吕览·观表篇》。相马如此，相人可执一格乎？

六　管子察人标准

管子《权修篇》曰："审其所好恶，则其长短可知也；观其交游，则其贤不肖可察也。"此数语较《大戴礼

·文王观人篇》《吕氏春秋·论人览》言简而该。

七　荆公之议

《石林燕语》谓荆公性固简率，不缘饰，然而谓之食狗彘之食，囚首丧面者，亦不至是，殆属公论。况即使食狗彘之食，囚首丧面，亦其习惯使然。苏明允著《辨奸论》，遽目为大奸，以报其斥为策士之怨。《宋史·王安石传》既载其事。论者乃称其见微知著，能窥安石于未进用之时，过矣。

八　张孝达忌用新名词

光绪季年，日本名词盛行于世。张孝达自鄂入相兼官学部，凡奏疏公牍有用新名词者，辄以笔抹之，且书其上云："日本名词。"后悟"名词"两字，即新名词，乃改称"日本土话"。当时学部拟颁一检定小学教员章程，张以"检定"二字为嫌，思更之，迄不可得，遂阁置不行。

九　康有为学凡四变

康有为《新学伪经考》，动以刘歆窜入为辞。其说实出廖季平丈、叶奂彬《翼教丛编》之言，固非诬也。其晚年自言为学凡四变（著有《四变记》），第三变因诗之

"小球、大球"，编为《地球新义》，已属穿凿无理。第四变号称天人之学，谓孟子言神人，荀子言至人。（案：庄子《逍遥游》篇曰：至人无己，神人无功，圣人无名。）《中庸》曰，"及其至也"，虽圣人亦有所不知。所不能明，以见圣人之外尚有进境。又谓《楚辞》乃灵魂学专门名家，三山经全书为神灵所生，实则所称鬼神，皆为彼世界之人，至其鬼神往来如宾客，亦如今外交部与外国相交涉。其支离荒唐，不可究诘，令人疑其有心疾。

郭允叔云："闻蜀人董清峻曰：季平解《论语》法语之言，能无从乎？改之为贵。谓法兰西文比英文难学云云，真是儿戏矣。"

一〇　韩愈议贾耽等人

韩退之《顺宗实录》云："前是左仆射贾耽以疾归第未起，珣瑜又继去。二相皆天下重望，相次归卧。叔文、执谊等益无所顾忌，远近大惧焉。"案：《旧唐书·贾耽传》曰："耽性长者，不臧否人物，自居相位十三年，虽不能以安危大计启沃于人主，而常以检身厉行以律人。"《唐书·郑珣瑜传》曰："李实为京兆尹，剥下务进奉珣瑜，显诘曰：'留府缗帛入有素，余者应由度支，今进奉乃出何色耶？'具以对实，方幸依违以免之。"二相者，贾则在位十三年，安危大计毫无建白，号曰长者，是特乡愿之流；郑则于李实剥下务进奉，虽知显诘，而以方幸得免，讵非溺职。二相纵留，殆不值叔文之一眄。《实录》谓其皆天下重望，殊为曲笔。

一一　刚毅奏保周莲龙

刚毅在苏抚任，奏保周莲龙殿飏。吴人为之诗云："文有周莲龙殿飏，看它才具亦平常。如何竟作人才保，笑杀满洲刚子良。"逮刚内用，犹面奏云："龙殿飏为奴才之黄天霸。"京师一时传以为笑。周官福建布政使，阘茸无闻。周官曹州镇总兵，光绪三十一年"曹匪"起，鲁抚杨士骧以酿乱劾去之。

一二　江春霖参劾袁世凯

莆田江春霖杏村，于光绪三十四年八月军机大臣外务部尚书袁世凯五十生辰，江与袁向不通刺，是日忽亲往祝寿，人咸异之。旋上疏论袁权势之重十有二。其曰：亲藩之重，冠绝百僚。向时亲王书款，皆言某亲王无称名者，结拜弟兄则更未之前闻矣。乃世凯寿辰，庆亲王奕劻去爵署名为祝，贝子载振则称世凯为四哥，而自称如弟，对联两合，为众目所共瞻。熏灼一时，几炙手之可热，此交通亲贵权势之重。又曰：荐贤为国，非以为私，桃李公门，古人弗受。而世凯前后之所保举，莫不执贽而称门生。但举显者而言，内则有民政部侍郎赵秉钧、农工商部侍郎杨士琦、外务部侍郎梁敦彦、右丞梁如浩、大理院正卿定成、顺天府尹凌福彭之徒，外则有直隶总督杨士骧、出使大臣唐绍仪、吉林巡抚陈昭常、安徽巡抚朱家宝之属。荐跻通显，或有合于同升，认作师生，谓无私，其孰信？此引进私属，权势之重。以上二条皆其祝寿所侦得者也。杏村此疏，正当项城熏赫之时。迨十月两宫宴驾，隆裕以戊戌之事深恶项城，张南皮命其孙厚授意御史赵炳麟弹劾，炳麟逡巡不敢发，于是给事中陈田露章参之，袁遂去位。陈字松山，都人士因有红杏青松之目。然江攻其盛，陈击其衰，岂可同年而语哉！

一三　访碑涞水、易县

前人只重唐以前石刻，辽金元碑碣最近始渐重之。余与傅增湘沅叔、周肇祥养庵，访碑涞水县、易县，得唐代之（及）辽金元经碑碣凡十余种，皆未见著录者。宋石刻则惟一宣和经幢。盖宋之有易州，为时至促，自徽宗宣和二年郭药师以涿、易二州降，至宣和七年复为金人夺还，先后仅五六年耳。

一四　别解朱子论荆轲

荆轲山，即燕太子丹馆荆轲处。山巅石塔，建于唐代，有《大辽重修圣塔记》。记末一行则题："宋乾道二年，岁次己卯，五月乙卯朔，施主刘楷立石。”乾道为宋孝宗年号，是时易州早非宋有，且辽亦早亡。何以辽时碑记又书乾道，事殊可疑。养庵谓乾道或缘明道之讹（宋仁宗年号），宋之遗民不忘故国，故仍题宋之年号。考明道二年为癸酉，实非己卯，且燕云十六州晋石敬瑭早畀之契丹，易州人非宋之遗民，养庵之说似不确。再考乾道二年实为丙戌，非己卯，《圣塔记》末行，其为妄人增刻无疑。然作伪之意安在，则不可得而知矣。朱子荆轲书盗，最为迂腐。元刘因《荆轲山》诗：“马迁尚侠非史才，渊明愤世伤忧怀。春秋盗例久不举，紫阳老笔生风雷。”不免为朱子所惑。暴秦次第殄灭六国，燕太子丹知仇必可复，国必不可保，乃椎心泣血，出于刺杀之一途。使当日荆卿匕首果揕始皇之胸，枭主一除，天下震动，燕或可侥幸不亡。图穷袖绝，抑岂人谋。朱子之恶荆轲，以其所为不轨于正耳。如朱子之意，必燕太子丹延颈待亡，然后不失为正耶？纲目书盗，后人慑于大儒之名，不敢轻议，吾窃为荆轲不平也。

一五　西陵谈片

清帝陵之在易县者为西陵，凡四陵：雍正泰陵、嘉庆昌陵、道光慕陵、光绪崇陵。四陵以泰陵为最闳壮，崇陵为最简陋，慕陵则以宣宗遗诏，无德及民，不入太庙，山陵之费概从撙节，故规制与他陵迥异。陵寝前无明楼，殿楹不施丹漆，然正殿及两配殿，悉以楠木巨材建造，古色盎然。正殿天花板雕刻极精，虽朴而不华，工程之费较之他陵尤为浩大。慕陵石坊横刻咸丰手书挽词，其文曰："敬瞻东北，永慕无穷，云山密迩，呜乎，其慕与慕也。"洵属奇文。

一六　袁世凯挽赵秉钧

梁格庄有赵公祠，赵公为赵秉钧智庵。赵曾监崇陵工程，殁葬梁格庄。祠当系赵氏家庙。祠内悬挽联甚夥，内有项城手书挽联："弼时盛烈追皋益，匡夏殊勋楙管萧。"字殊豪放。项城书，公牍外罕见，楹帖则仅赌（睹）抱存处一联。袁、赵交深，挽联故亲笔书之。智庵之死，传闻为项城所鸩，殆一疑案。

一七　梁星海哭梓宫

林琴南为梁星海作《补树图记》云："德宗之崩，梁入都欲叩谒梓宫，为袁世凯所阻。梁乃于旅馆中寝苫枕凷，举哀九日，哭天子之礼也。"是文殊失实，梁官止按察使，本不能叩谒梓宫，况是时孝钦既丧，袁方自危，何暇问此？且内外官哭临，初非袁所能禁，抑至以寝苫枕凷，举哀九日，为哭天子之礼，似亦无据。是年大丧多不循制，三品以下例应在景运门外行礼，乃京朝官咸集乾清门，梁独蒲伏景运门外，且号哭有声，惜琴南未见之耳。

一八　屈翁山赠顾宁人诗

顾宁人于明亡后七谒孝陵，六谒十三陵，故屈翁山赠之诗云："一代何人知日月，诸陵有尔即春秋。"良有以也。若清则不然，社稷虽墟，皇室无恙，乃有以十谒崇陵自华者，岂不可哂？明黄久庵尚书绾效岳忠武，涅"尽忠报国"四字于背上，为人所劾，遂堕士林笑海，古之嘉事亦未可轻学也。

一九　常朗斋未尝一日安居山乡

香山诗："今日园林主，多为将相官。终身不曾到，只当画图看。"此言达官贵人侈为豪举，虽有园林，而不暇享有耳。常朗斋有别业，在易县城外五里之泉源村，背小阜，临清溪，云蒙诸山，历历槛外，然慑于兵匪，朗斋实未尝一日安居山乡，清福恐非吾辈今日所能消受。

二〇　如此游山复何趣

沅叔语余云：吾辈当以游山为一生事业之一。然此事业在今日亦正不易为。内地苻萑遍野，行者裹足。余昨游西陵，易县俞县长荣庆派马巡九人护卫，缪师长徵流、黄师长显声复挟骑兵十余骑同行，昔人讥冠盖游山，今日游山更非军警不可。如此游山，亦复何趣？

二一　宋朝宰相享高寿者六人

叶少蕴《避暑录话》曰：“国朝宰相致事，从容进退，享有高寿。其最著者六人：张邓公八十六、陈文惠八十二、富韩公八十一、杜祁公八十、李文定七十七、庞颖公七十六，文潞公虽九十二，而晚节不终。”按：《宋史·文彦博传》：“绍圣初，章惇秉政，言者论彦博朋附司马光，诋毁光烈，降太子少保。崇宁中，预元祐党籍。”此少蕴所以斥为晚节不终也。少蕴用蔡京荐召对（《宋史》本传），故《四库提要》讥其以门户之故，多阴抑元祐，而曲解绍圣，如此一条，则诚有然矣。

二二　余蛮子打毁教堂

四川大足县龙水镇民教不和，余蛮子等遂聚众打毁教堂。余本以挖煤为业，曾入哥老会，因推为首案，已议结，而余先逃匿。光绪二十四年，忽将余捕获，旋为其党劫去，于是啸聚匪徒数千人，四出焚毁教堂，并掳法国司铎，据寨抗拒。嗣经王爵棠统兵围攻乃降，虽许以不死，仍系狱。余之为人实无甚知识，且鸦片癖极深。庚子义合拳匪起，编修王廷相建议，请闭绝外洋通商，尽废旧约，召李秉衡督师，用余栋臣、周汉为先驱。栋臣，即余蛮子也。周汉，字铁真，湖南人，尝著书丑诋泰西，以天主教为“天猪叫”，语多不经，颇能惑众，宜其与余蛮子并举也。

二三　朱竹石目盲而才干过人

平湖朱之榛竹石者，椒堂漕帅为弼之从孙也。官江苏，垂四十余年，中岁失明，人皆以朱瞎子呼之。以候补道员十署按察，两署布政，最后乃授淮扬道，亦未到任。朱虽盲于目，而才干过人，记性尤绝，每日治官书（充牙厘局总办最久，虽署藩臬仍兼之），令人诵之入耳，辄不忘，恒口占批牍洋洋千言，靡不中事理；其见僚属必先排定坐次，所问皆适如其人，无一泛语。不似当日达官见属吏，只言天气寒暖而已。公余即浼人读《通鉴》及名臣奏议、古今文集。有投以著述者，觌面时，辄能举其某篇某句，往往评骘精当，真异才也。其于江苏吏治得失，历年陈案，皆烂熟于胸，而综核财政，尤其所长，故督抚虽屡易，无不倚重焉。

二四　为学当以开阔心胸为先

赵璘《因话录》谓，李贺作乐府，多属意花草蜂蝶之间，竟不远大。此刘继庄所以教人为学，须先开拓其心胸，务令识见广阔为第一义也。继庄斯语，见所著《广阳杂记》。

二五　明末有两女总兵

明末有两女总兵，人只知秦良玉，而不知丁国祥。刘继庄《广阳杂记》载，永历时有女总兵丁国祥，骁勇善战，能于马上打弩。其夫姓杨，亦总兵。秦王出降后，丁亦投诚，是则不如良玉也。（《明史》良玉与马世龙诸武臣同传。）

二六　奇秀之山在在有之

陆友仁《研北杂志》云，刘梦得尝爱终南、泰华，以为此外无奇；爱女几、荆山，以为此外无秀；及见九华，始悼前言之容易也。窃谓山之著名者，如蜀之青城、峨嵋，越之天台、雁荡，皖之黄山，晋之五台，粤之罗浮，闽之武夷，无论已。其他奇秀之山不著名者，在在有之，何必九华。矧一邱一壑，皆足适意，亦视其人之襟抱何如耳。或乃云“五岳归来不看山”，真伧父语。

二七　潘侍郎妻有明识

难进易退之节，今人全不讲。苟据高位，便志满意得，壹若永无倾覆之虞，非灾及其身，鲜有能自觉者。张固《幽闲鼓吹》云："潘炎侍郎，德宗时为翰林学士，恩渥极异。其妻刘氏，晏相之女也。京尹某有故，伺候累日不得见，乃遗阍者三百缣。夫人知之，谓潘曰：'岂有人臣京尹，愿一见，遗奴三百匹缣帛，其危可知也。'遽劝潘避位。"此妇明识远在士夫之上。潘能信从其言，亦可谓之贤矣。

二八　先儒说诗近乎鄙俚

黄士俊《靖康缃素杂记》云：先儒说诗，《溱洧》刺乱也。其诗卒章言"赠之以勺药"，以为男淫女。盖勺药破血，令人无子，赠之以勺药者，所以为男淫女也。又《东门之枌》，疾乱也。其诗卒章言"贻我握椒"，以为女淫男，盖椒气下达，用以养阳，贻我握椒者，所以为女淫男也。其说虽近乎鄙俚，然颇得诗人之深意，故志之。朝英所称先儒不知为谁，刘原父《七经小传》尝摭此说为谐笑。《四库提要》谓，虽不出姓字，殆亦指朝英，似小误。盖朝英本引旧说，但云颇得诗人之深意，乃其谬耳。（许颉《彦周诗话》引《卫风》云："伊其相谑，赠之以勺药。”陆农师说，勺药破血，欲其不成子姓耳。与朝英合。)

二九　以纸寓钱始于何人

《唐书·王玙传》曰，玙专以祠解中帝意。有所禳祓，大抵类巫觋。汉以来葬丧有瘗钱，后世里俗稍以纸寓钱为鬼事。至是，玙乃用之，据此似纸钱始于玙。然释道世《法苑珠林》则谓始于殷长史，又失名《爱日斋丛钞》载，洪庆善《杜诗辨证》引《文宗备问》云：“南齐废帝东昏侯，好鬼神之术，翦纸为钱，以代束帛。”其说不知出何书。耐得翁《就日录》言邵康节春秋祭祀亦焚楮钱。(失名《枫窗小牍》云，思陵神舆就祖道祭，纸钱差小，官家不所（喜)，谏官以为俗用纸钱乃释氏使人以过度其亲，恐非圣主喜（所）宜以奉宾天也。今上抵于地曰，邵尧夫何如人，而祭先亦用纸钱？岂生［人］处世如汝，能日不用一钱乎？) 吕南公《灌园集》有钱邓州不烧纸镪颂。吕伯恭《宋文鉴》载之。

三〇　乔茂萱不畏强御

乔茂萱丈诣家父，余时侍侧。茂丈自言，不侮鳏寡畏强御。家父笑应之曰：“斯言余不敢信，盖必不畏强御，而后能不侮鳏寡，何则？强御每每侮鳏寡，若畏强御，即不得不侮鳏寡矣。”

三一　华佗外科手术质疑

《后汉书》《三国志》记华佗治疾，皆言若发结于内，针药所不能及者，乃先令以酒服麻沸散，既醉无所觉，因刳剖破腹背，抽割积聚，若在肠胃，则断湔洗除去疾秽，既而缝合之，傅以神膏，四五日创愈，一月之间皆平复，此即近代外科医之手术。麻沸散以酒服之，殆即麻醉剂也。叶梦得《玉涧杂书》谓，华佗固神医，然佗之用药，能使人醉无所觉，可以受其刳割，决无是理。盖佗之医术久失其传，其外科手术之神妙，后世不解，而反疑其伪，可慨也。

三二　取名忠奴、孝奴有深意

俞文豹《吹剑录》云，有一士夫年老纳二宠，托其友命名，友以忠奴、孝奴名之。其人曰："忠孝诚美名，然以命婢不称。"友曰："有出处，孝当竭力，忠则尽命，老年纳妾，实自戕之道。"

三三　说道学

周公谨《志雅堂杂钞》云（亦见《癸辛杂识》）："尝闻乡曲沈子固先生云：道学之名，起于元祐，盛于淳熙。其徒甚盛，结其党假此以欺世者，真可嘘枯吹生。凡治财赋者，则目为聚敛；开辟扞边者，则目为粗才；读书作文者，则目为玩物丧志；留心吏事者，则目为俗史（吏）。盖其所读者，只《四书》《近思录》《通书》《太极图》《西铭》及语录之类，自诡其学能正心齐家，至于治国平天下。故为之说曰：'为天地立心，为生民立命，为前圣继绝学，为万世开太平。'为州为县为监司，必须建立书院，或道统诸贤之祠，或刊注《四书》，或衍辑《近思》等文，则可钓声名美官，下而士子时文，必须引用以为文，则可擢巍科，为名士，否则立身如司马温公，文章气节如东坡，皆非本色也，于是天下之士竞趋之。稍有不及，其党必挤之为小人，虽时君亦不得为辩之，其气焰可畏如此。然所以言略不相顾，往往皆不近人情之事。驯至淳祐、咸淳则此弊极矣。是时为朝士者，必议论愦愦，头脑冬烘，敝衣菲食，出则以破竹轿舁之，以村夫高巾破履，人望之知为道学君子，名达清要，旦夕可致也。然其家囊金匮帛，为市人不为之事。贾师宪独持相柄，惟恐有夺其权者，则专用此等之士，引之要路，名为尊崇道学，其实幸其愦愦之不才，不致掣其肘，以是驯致万事不理，丧身亡国。呜呼，孰谓道学之祸，不甚于典午之清谈乎？"家父著《孔学发微》，尝及公谨，故录其全文。李莼客《日记》谓，公谨此言，盖为郑清之一辈人而发，其书成于元代，道学之风甚盛，而能为是言，此是非之公也。

三四　柳仲涂轶事

《谈选》（宋人著，失名）载，柳仲涂赴举时，宿驿中，夜闻妇人私哭，其声婉而哀。晓起询之，乃同驿临淮令之女。令在官恣贪墨，委一仆主献纳及代还，为仆所持，逼其女为室。令度势难免，许之。女故哭。柳素负节义，往见令诘其实。令不能讳，悉告柳。柳忿怒曰："愿假此仆一日，为子除害。"仆至柳室，即令往市酒果盐梅等物，俟夜阑，呼仆人叱问曰："胁主人女为妇是汝耶?"即奋匕首杀而烹之。翌日，召令及同舍饮，云："共食卫肉。"饮散亟行，令往追谢问仆安在。柳曰："适共食者，乃其肉也。"《韩非子》曰"侠以武犯禁"，然不可谓非快举。

三五　胡邦衡盛誉

胡澹庵上书乞斩秦桧被放。金人至以千金求其书。乾道初，金使至宋，犹问胡铨在否？张魏公曰："秦太师专柄十二年，只成就得一胡邦衡。"见《鹤林玉露》。其为人敬仰如此。及得召还，喜而赋诗，故有"君恩许归此一醉，旁有黎颊生微［涡］"之句。宋代本有官妓，触景言情，而归之君恩，原不失风人之旨。朱晦翁乃以澹庵对黎倩为有情，而高谈其人欲天理，不解诗邪？抑果如周公谨《志雅堂杂钞》所云，宋之号为道学一流，无论立身如何，文章气节如何，苟非其徒党必挤之而后快耶？

三六　男子拜不能两膝齐屈

罗大经《鹤林玉露》谓，朱文公云：古者男子拜，两膝齐屈，如今之道拜。杜子春注《周礼》，奇拜以为先屈一膝，如今之雅拜，即今拜也。余意古人席地而坐，坐时而拜，则两膝齐屈，立时而拜，则先屈一膝，非男子拜必两膝齐屈。立时而拜，必先屈一膝，不能两膝齐屈也。

三七　陈湜挽联

《凌霄一士随笔》记清代谥法，成、正、忠、襄最为美谥。曾国荃谥曰忠襄，可谓甚优。陈湜挽词下联之“易名足千古，合胡文忠左文襄为一人”，最为一时传诵。按：陈湜字朗仙，已前卒。此联乃易实甫丈所撰，曾闻家父诵之。上联为“干国失三贤，去大司马少司农才数月”。大司马谓彭刚直玉麟，少司农谓曾惠敏纪泽，对仗之工，天造地设，尤妙在四公皆湖南人也。

三八　恶人耳语

灌夫骂临汝侯曰："生平毁程不识不直一钱，今日长者为寿，乃效儿女呫嗫耳语。"（《史记·魏其武安侯列传》）家父生平亦最恶人呫嗫耳语。宦大梁时，司道官厅每有耳语者，辄禁阻之，且谓曰："公事公言，若私，此非私语地。"虽同官侧目，其后竟无耳语者。

三九　胡馨吾不忍用佳砚

胡维德馨吾年逾七十，体力极健。去岁同游华岳，曾登绝顶，日前以急性流行病，没于法国医院。昨晤陈仲恕，谓十日前语馨吾："君所藏砚，亦尝享用否？"馨吾答曰："此等佳砚，吾不忍用之也。"（林白水所藏多归馨吾）古诗云："人生非金石，安能长寿考？"不禁感慨系之。

四〇　胡馨吾轶事

北平《实报》记馨吾一轶事，极有味。沈阳事变前，馨吾送其长公子世泽赴欧，过哈尔滨时，在忠信堂邂逅蒋雨岩公使。蒋适返自德国，遂邀之同座。外交部档案保管处长王念劬与焉。宴毕，雨岩即付赀，谓与馨吾父子祖钱。馨吾亦争给赀，谓与雨岩接风。区区饭账，争执不已。遂请王君评判，王毫无犹夷，即应曰："蒋公使无资格付钱。"雨岩瞠目曰："理由安在？"王答："谁叫你叫蒋作宾呢？"馨吾当时大为称快而散。

四一　蔡乃煌诗钟传闻

诗钟之作，始于吾闽，光绪初盛行南北。张文襄尤好之。迨入政府，仍不辍。今人《新谈往》（书名）谓南皮一日集项城及幕僚为诗钟，庆亲王奕劻在焉。南皮特拈"蛟断"二字，候补道员蔡乃煌应声云："射虎斩蛟三害去，房谋杜断两贤同。"时瞿鸿机方罢职，岑春煊亦谢病。诗上句影射瞿、岑，下句指张、袁交欢，故庆、袁、张皆大悦。即日擢放苏松太道。此殆传闻之讹。射虎一联，实文襄自撰，并非蔡作。且庆、袁从未与诗钟会蔡，以邮传部左参议简放苏松太道，亦非候补道员也。

李宗侗玄伯曰，文襄作上联诗钟，时其父符曾先生适在侧。是日，陪文襄游西便门外天宁寺，憩塔射山房。文襄思作诗钟，遂指横额上"射房"二字为题云。

四二　《新谈往》颇多失实

《新谈往》一书纪载，颇多失实。如云，洪杨事变后郭筠山（仙）初使欧西，驰书亲友，称许西国文明，为世大诟（按：郭之丛世诟，实以所著《使西纪程》）。李合肥取魏默深师夷长技以制夷之说，盛倡洋务。张南皮、丁雨生等和之。而一般清流党（案：张亦清流党也）攻击合肥，几无完肤。大约光绪初元，徐致祥、梁鼎芬、夏震武等为一团，而以倭艮峰为之魁。中叶以后，杨崇伊、洪嘉与何乃莹等为一团，而以徐荫轩为之魁。此尤差缪。不惟张、丁内外悬隔，难以并论。徐季和尝劾张孝达与梁星海异趣。夏伯定为徐所取士。夏于庚辰分工部主事，九月递封奏恭枢臣十六款，旋即出京。倭视徐年辈更高，且卒于同治辛未，何得与梁、夏为伍？又谓，刘裴村横尸菜市，贵阳李苾园以五十金丐人缝其首，为购薄棺，始得成敛。方戊戌八月政变，苾园以尝保康有为，又与梁启超姻亲，惧罪之不暇，焉有此举？裴村及杨叔峤，皆邻水李徵庸铁船为之缝首棺殓耳。又谓，陶拙存趋奉铁良，怡色柔声，委琐卑陋，殊讥之太过。拙存为人卑以自牧则有之，何至若此。又谓前清自戊戌、庚子两次变乱，其蛰居国内者，亦以党锢关系不肯出而任事，牢骚抑郁，无可宣泄，咸发为文章，一时若义宁陈三立，嘉应黄公度，龙阳易实甫，丰顺丁叔雅，罗由姚彦长，施南樊增祥，顺德罗惇融、何翙高，揭阳曾习经，山阴汤寿潜，瑞安孙诒让，闽县林纾，侯官严复，南昌熊季廉等，率以经术词章以自表异。其所举尤为不伦不类，唯伯严、公度以戊戌党锢关系不出；如樊山，则依附荣禄，庚子自京逃出，仍奔西安行在，充当要差，旋即实授监司，宣统三年，尚为江宁布政使，携印潜逃；实甫亦以荣禄力，简放右江道，被议后，值张南皮当国，复分巡广东；刚甫则官度支部右丞，几道则官学部丞参上行走，何尝不出而任事？仅蛰仙力辞两淮盐运使及江南提学使耳。

四三　登山临水不必斤斤辨证

登东山而小鲁，登泰山而小天下。此写孔子气象之伟大，不必实有其处也。明人于泰山之巅立一碣，大书“孔子小天下处”，真笨伯也。盘山有李靖舞剑台，戚南塘诗：“朔风虏酒不成醉，落叶归鸦无数来。”语极悲壮。台为一巨石，有唐李从简题名。李从简曾游李靖舞剑台，十字亦遒劲。余曾拓之，印诸《盘山游记》中。然考《唐书·李靖传》，高丽之役，大宗悯其老不许，靖固未尝东行，安有遗迹留此？余登舞剑台，有“名山何与英雄事，艳说将军舞剑台”之句，以吾国古迹本多附会，吾侪登山临水，藉英雄美人点缀，亦足以发思古之幽情，真娘坟、苏小墓之真伪，正不必斤斤辨证也。

四四　成都名丑趣闻

唐齐己诗：“竟日觅不得，有时还自来。”人以为邻家寻猫之诗。成都有丑，极滑稽。李西沤悭语丑曰：“汝能出场道白，即令我发噱，当重犒汝。”丑旋饰一盗，手提纸灯忸怩而出，朗吟曰："更无人一个，已是夜三更。"西沤不觉狂笑。盖二句乃西沤试帖《赋得七月七日长生殿》第二联也。

四五　王阮亭《秋柳诗》解疑

王阮亭《秋柳诗》，读者多不解。徐遁庵《顾诗笺注》，于"赋得秋柳"下，引黄葆年云："秋柳之咏，盖为郑妥娘作也。妥娘福藩时歌妓，鼎革后，流落济南，且当时在座者姊妹二人，故有桃叶桃根之句。"案：钱牧斋《金陵杂题》云："旧曲新诗压教坊，镂衣垂白感湖湘。闲开闺集教孙女，身是前朝郑妥娘。"自注："郑如英字妥娘，秦淮四美人之一。诗载《列朝诗闺集》，今年七十二矣。"牧斋此诗作于丁酉之前，决无此时尚流落济南之理，黄氏是说，殊属无稽。王祖源莲塘者，廉生祭酒懿荣之父也。其渔洋山人《秋柳诗笺》云："李兆元以为此诗乃吊明亡之作第一首，追忆太祖开国之时，白下门三字点明其地，残照西风，已隐写一亡国景象。后三首皆咏福藩近事也。"又云："第二首为福藩作，第三首为南都遗老诸公作，第四首专为福王故妃童氏作，以首句桃根桃叶，正指其得新宠而行乐。次句言任童妃之流落而不召。第五句暗包妃至弗纳，旋复下狱情事。第六句直以宣帝诏求故剑，大义责之。"虽言之娓娓，要皆揣测之辞，恐阮亭当日不过随题抒写，未必果有用意。钱辛楣《潜研堂诗续集》题李义山诗云："玉山碧瓦语清腴，留枕窥帘事有无。八宝流苏随处挂，不应全是为令狐。"真解人语也。

四六　李如松丑行

李莼客《桃花圣解盦日记》戊集云："近直隶人李如松号虎峰者，以优贡捐一内阁中书，自名理学。对客必危坐，所食惟脱粟豆，常食于门屏间，欲令人皆见之。目不识数字，而著语录盈尺。万尚书青藜首推重之，为言于倭文端。倭文端亦为所惑，都中为宋学者，如侍郎徐桐，尤所致敬。"又云："此人之父亦庸鄙，由胥吏为小官，归京师。又有一兄亦伫劣。其人深耻其父兄为道学累，欲去之。三月胁其父逐兄出走。既去，父常念之。其妻怒诟，翁相愤詈。此人闻妻泣，怒向父曰：'妇贤能助我，父欲党兄为恶耶？'其父夜自缢死。坊官申之巡城御史，御史逮刑部，将重案其事，而侍郎等十人为宋学者，谓是道学孝子也，连名呈部力保之，得免。乌乎，天下乃有此人，都中乃有此论，可不哀哉！"然家父尝闻诸张蔼乡，与莼客说小异。李字卓峰，倭门弟子也。家有婢，父与通，李知而逐之。父因缢死。同门闻其变，咸诣李，迫其自尽，许为经纪家事，此尚不失为理学。李死，而讲学之风为之稍戢。

四七　张怀芝为荣禄激赏

前参谋总长张怀芝子志，日前殁于天津。余年来与子志过从甚密，在沪闻耗，为之陨涕。子志壮年，识量胆气，睥睨一世。庚子拳匪炽时，方为荣相武卫军炮队长。一日，诏谕荣禄炮轰东交民巷。荣禄立召子志轰击，子志不奉命，问荣禄："太后真欲毁使馆耶？上谕给中堂，怀芝走卒不知有上谕，果决意轰使馆，请中堂发手谕。"荣禄局促曰："太后不闻炮声，吾不能覆命。"子志笑曰："太后欲闻炮声，此易事耳。今夜当有炮声。"荣禄喜，语子志曰："汝退，好小子，有出息！"子志为荣禄所激赏，自此始。

四八　周善培挽方玉亭

寿联、挽联最忌用肤泛故实，如交谊不深，或人无足道，尽可不作。余最爱周善培孝怀挽吾乡方玉亭一联："当尽哭天下仁贤，此义不关朋友；久不做浙中子弟，好官自感路人。"

四九　王阮亭、张鹏翮过桥诗

王阮亭奉旨祭南海，《过芦沟桥》诗有“万里自兹始，孤怀谁与论”之句。赵秋谷讥其不伦。阮亭诗随园亦诋其殊少性灵，但此诗当别论。夫亲交乍别，寥落寡欢，瞻念长途，宁无感喟。阮亭诗人，岂同伧夫俗吏。以拥节乘轺，播之歌咏，为平生得意事耶。余庚子过驷马桥，见道傍巨碣。张鹏翮题诗云：“忆昔相如过此桥，扬扬意气凌青霄。我来八座真天使，不数临邛驷马骄。”相如有知，当匿笑地下。

五〇　戴醇士开罪穆彰阿

陈仲恕云，穆彰阿当国时，索画于戴醇士。戴临吴墨井山水一幅畀之，意极矜重。穆彰阿大怒，以其为水墨不设色也。谓人曰：“戴为某优画扇，尚设色，视我宁不如优人耶！”竟短戴于文宗，斥其行止不检。戴遂以侍郎降三品，京堂候补。后虽殉难，得予谥文节，然请建专祠，卒不准。盖穆彰阿指摘其临终诗“撒手白云堆里去，从今不复到人间”二句，为怨望也。

五一　六书异说

六书之旨，近代大明。戴东原曰：指事、象形、形声、会意四者，字之体也。转注、假借二者，字之用也。治许书者，咸主此说。然指事、象形、会意三者每易相混，而转注尤各执一辞，迄无定论。且《汉书·艺文志》曰：周官保氏，掌养国子，教之六书，谓象形、象事、象意、象声、转注、假借造字本也，然则转法（注）、假借仍是字之体，非字之用。许在班后，叔重可信，孟坚讵不可信？但去造字时太远，虽欲强说，固已难矣。

五二　宋云甫为政

家父云：奉新宋家蒸云甫，以进士官四川知县，所至以不扰民为本，蜀中牧令以田房税契为进款大宗，故常饬责差役四乡催税，或惩罚隐匿，唯宋不然，任其自便。其听讼亦勿用票唤，辄令里正、乡约代为传人（《宋史》陆九渊知荆门，军民有讼者无旦暮皆得造于庭，复令自持状以追，为立期，皆如约而至，即为酌情决之，多所劝释），亦或就，便往讯。纯以至诚开导，并蒲鞭示辱，而亦无之。民间因呼宋端公。端公者，蜀人谓男巫也。盖讥其判讼如巫之禳解然。民固无冤，强暴亦未尝因此而炽也。乙酉夏五，与易仲实叔由兄弟及于晦若同游峨嵋，适宋宰斯邑，晦若以其前令营山仁政在民，遂偕往访之。其衙署冷若校官，仅一司宅门者导客入。时宋方然烛治官书，因言峨山之胜，曾由署出城步行百二十里，临绝顶，语及居官，则深以负民为叹云。（薛文清《从政录》云，做官常知不能尽其职，则过人远矣。）尔时川省号为能吏者，以固城田秀栗、新城耿士伟为最，而耿尤惨酷，不仅如《史记·酷吏传》所云，广汉李贞擅磔人，东郡弥仆锯项已也。又有荆州驻防凤全者，王晋卿尝为作《重修子云亭记》，亦以鹰击毛挚为治。其后，充边务大臣，在夷地被害。

五三　姓氏辨证

黄溍《日损斋笔记》云："邓名世上进《姓氏辨证》，有两缪姓，谓音穆者，为宋穆公之后；音缪者，秦缪公之后。按：《史记·秦本纪》前书缪公，后书穆公，二字盖通用。而秦穆之见于《诗》《书》《春秋》，皆正作穆，未闻穆可读如缪也。缪固有两音，一与谬同，秦穆可音缪，安知宋穆公不音缪乎？（案：宋穆公，《公羊传》正作缪公。）古人固有以纰缪之缪为谥。如汉之张勃、晋之何曾者，若唐皮日休，追咎秦伯舍仲（重）耳、置夷吾，而作秦穆公谥缪论，乃后世文人出奇立说，以寓褒贬云尔，非有其实也，安可遂以为据乎？"窃意《姓氏辨证》，语固无稽，笔记驳之，亦未中肯，至秦穆谥缪，其说已久。

《史记·蒙恬列传》："蒙毅曰：'昔者，秦穆公杀三良而死罪百里奚，而非其罪也，故立号曰缪。'"袭美、晋卿均失之不考。

五四　李远破于诗句

孙光宪《北梦琐言》云："李远曾有诗云：'人事三杯酒，流年一局棋。'（张固《幽闲鼓吹》亦载此事，引诗作"长日惟销一局棋"。）唐宣宗以其非牧人之才，不与郡守。又云："或有述李频诗于钱尚父曰：'只将五字句，用破一生心。'尚父曰：'可惜！此心何所不用，而破于诗句？苦哉！'"兹二事可为后生纵情诗酒、自命风雅者戒。

五五　骆文忠与左文襄

骆文忠抚湘，左文襄在其幕府，甚用事，颇专擅，文忠委任不疑。迨文忠卒于川督任，蜀人哀思比于诸葛。文襄尝与幕僚谈及文忠，以为才不逾中人而独得民心深用为讶，举座无言。文襄复谓之曰："诸君视仆与文忠如何？"一客正容对曰："公自不及文忠。"文襄曰："何以言之？"客曰："当日公佐文忠，文忠能用公，若今日文忠佐公，公未必能容文忠。此公所以不及文忠也。"文襄嘿然。传者尝举客姓名，惜余忘之矣。《秦誓》曰："如有一个臣，断断兮无它技。其心休休焉，其如有容。”骆文忠有焉。

五六　项城起用

醇亲王摄政季年，凡分三派：载洵、载涛两贝勒分领海军处、军谘处为一派；载泽管度支为一派；庆亲王奕劻、那桐、徐世昌任总协理为一派。武昌兵起，洵、涛以张绍曾首倡十九信条，亟欲拉之。而庆、那、徐皆意在袁世凯，屡言于朝，摄政不从。邮传部侍郎杨士琦，乃属该部参议林炳章惠亭浼其妇翁弘德殿授读陈宝琛伯潜于摄政前推举项城，伯潜素不悦袁，弗为动。惠亭遂就其本部尚书盛宣怀谋之，力言时局阽危，非袁不足以救国，军枢意并如此，而摄政勿听，公若能忘旧怨，得泽公一言，必可转圜。盛谓果于国有益，何有私憾？于是由盛说载泽，由泽说摄政，而项城起用矣。家父告余，谓闻之伯潜云。

五七　首开经济特科种种

光绪二十四年正月，家父与乔茂萱丈同客长沙，适值召开经济特科，茂萱丈荐刘培村于湘抚陈右铭太年丈，乃以人才与杨叔峤同举，遂罹于八月十三日之难。右铭太年丈虽坐此去职，然初不识培村也。是科所举共二十四人，以寿富、伯茀居首。伯茀为竹坡侍郎宝廷之子，死庚子京师之变。其余如曾广钧重伯、屠寄敬山、易顺鼎实父、俞明震恪士、汪康年禳（穰）卿、谢钟英钟英等皆以文学有声当世。家父亦名列荐牍，同时江苏学政瞿鸿机（禨）子玖亦保家父暨陈三立伯严、孙诒让仲容、丁立钧叔衡、夏震武伯定、汤寿潜蛰仙、邹代钧沅帆等十五人（是年保举特科，皆咨送总理衙门，唯瞿附片奏），其事旋罢。二十九年重开经济特科，瞿已为军机大臣，张劭予侍郎以家父及孙葆田佩南、沈曾植子培、陈遹声蓉曙、蒯光典礼卿、章梫一山、秦树声幼衡等十九人应诏，家父虽至京师一行，仍未与试。此次征辟仅三百余人，本不为多，因光禄寺卿曾广汉保有上然（海）游戏报馆主笔李宝嘉伯元，一时群议为滥。然伯元所著小说如《官场现形记》诸书，盛为今日主张白话文者所推许，是人亦曷可轻耶？

五八　日本菖蒲最盛

元微之寄赠薛涛诗："别后相思隔烟水，菖蒲花发五云高。"景涣《牧竖闲谈》谓薛好种菖蒲，故有是句。然蜀中菖蒲花殊不足观，日本蒲田菖蒲花最盛，初夏时，姹紫娇黄，弥漫畦畛。余民国八年曾侍两亲往蒲田一观，其种似与我国不同。

五九 《古诗十九首》一议

《文选·古诗十九首》李善注曰："五言并云古诗，盖不知作者。或云枚乘，疑不能明也。诗云'驰马上东门'，又云'游戏宛与洛'，此则辞兼东都，非尽是乘明矣。昭明以失其姓氏，故编在李陵之上。"案：徐孝穆《玉台新咏》，以《青青河畔草》九篇为枚乘诗，注所指二首，并不在内。总之此诗非一人一时之作，可以断言。刘彦和《文心雕龙·明诗篇》曰："古诗佳丽，或称枚叔；其《孤竹》一篇，则傅毅之词。"今有谓十九首之年代在西纪一二零至以（一）七零，约五十年间，比建安黄初略先一期，而紧相衔接，殊属武断。十九首中如"玉衡指孟冬"之句，尤作于孝武太初元年以前之铁证。（《文选》李善注云：《春秋运斗枢》曰：北斗七星，第五曰玉衡。《淮南子》曰：孟秋之月，招摇指申。然上云秋蝉，明是汉之孟冬矣。《汉书》曰：高祖十月至霸上，故以十月为岁首。汉之孟冬，今之七月也。案：《汉书·武帝本纪》：太初元年始正历，以正月为岁首，故知是诗作于其前。）若以冬为秋之讹，则古本已然，恐非误字。

六〇　传子时代犹有公天下

《吕氏春秋·长和（利）览》：南宫括曰：成王定成周，其辞曰："惟予一人，营居于成周。惟予一人，有善易得而见也，有不善易得而诛也。"《说苑·至公篇》南宫边子曰：昔成王之卜居成周也，其命龟曰："予一人兼有天下，辟就百姓，敢无中土乎？便于（使予）有罪，则四方伐之，无难得也。"《史记·娄敬传》娄敬曰：成王即位，周公营成周，以为此（此为）天下中，有德则易以王，无则易以亡。三语大旨略同，足见传子时代犹有公天下之意。

六一　李文忠不拘礼法

李文忠在直隶总督任丁母忧，仁和王文勤奉命自京往唁，谈于穗帷，笑声震户外。张华奎蔼卿急入谏文忠曰："若勿虑人，必无以礼法绳我者。"其回籍时，过上海，尝乘人力车至静安寺（上海游衍之所，先止有静安寺，后始有张园、娱园）。泰兴朱铭盘曼君有诗云："小车依约来丞相，墨绖居然识晋侯。"即咏其事。

六二　博雅者戒

赵德父《金石录》，其妻李易安作后序，备言得之艰而失之易。其末曰："然有有必有无，有聚必有散，人亡之，人得之，又胡足道，所以区区记其终始者，亦欲为后世博雅者之戒云。"其言绝警，而人不知鉴也。近如端午桥所藏书画金石，富甲一时，或由巧偷，或由豪夺，或由赂遗，极半生之经营，乃克有此，身既被祸，子尤不肖，匋斋珍玩，早散为烟云矣。噫！

六三　李白十八字墨迹

宋时有人家藏李太白墨迹十八字云："乘醉踏月，西入酒家，不觉人物两忘，身在世外。"见曾慥《高斋漫录》。太白此十八字，便是一首无韵诗。

六四　徐市之误

《史记·秦始皇本纪》："于是遣徐市，发童男女数千人，入海求仙人。"张守节正义引《括地志》云："亶洲在东海中，秦始皇使徐福将童男女求仙人，止住此洲，共数万家。"案，徐福、徐市非两名，此"市"字在《说文》"巿部"。巿，韠也。从巾，象连带之形。

篆文“韨”从“韦”，从“犮”，俗作“绂”。后人不辨六书，乃误仞徐市之“市”为市井之“市”，今之诗家竟有以市字入四纸韵者。黎莼斋丈徐福墓诗云：“读史方知徐市谬，俗书误脱草头文。”虽知有芾字，仍不识市字也。

六五　卖国求荣者戒

元郑元祐《遂昌山樵笔录》记高昌廉希宪之礼遇儒士云：“廉方为平章时，江南刘整以尊官来见，廉毅然至，不命之坐。宋诸生繿缕袖诗请见，亟延入，饮食劳苦如平生欢。其兄弟请曰：‘刘整贵官也，而兄简薄之；宋诸生寒士也，而兄礼遇殊厚。某等不能无疑。’廉曰：‘是非汝辈所知，我国家大臣，语默进退，系天下轻重，刘整官虽尊，卖其国以叛君者。若夫宋诸生，所谓朝不坐，燕不与，彼何罪而羁囚之？况今国家起朔漠，我于斯文不加厚，则儒术由此衰熄矣。”足见卖国求荣者，官虽尊，终为人所鄙夷也。

六六　不嗜杀人者能一之

昔梁襄王问孟子：“天下恶乎定？”对曰：“定于一。”“孰能一之？”对曰：“不嗜杀人者能一之。”可见战国诸君无不嗜杀者。苏子瞻尝谓：“《大诰》《康诰》《酒诰》

《梓材》四篇之文，反覆丁宁以杀为戒，以不杀为德，故周有天下八百余年。后之王者，以不杀享国，以好杀殃其身及其子孙者多矣。而世主不以为鉴。小人又或附会六经，酝酿镌凿以劝之杀，悲夫！殆哉！”东坡究心经世之学，明于事理，是说尤与孟子之旨合。《酒诰》曰：“厥或诰曰‘群饮’，汝勿佚。尽执拘以归于周，予其杀。”伪孔传云，我择其罪重者而杀之，夫群饮罪均，何有于重，且一饮之过，遽行诛杀，岂先王而有此恶法？孙渊如《今古文注疏》觉其不安，乃曰：“杀与籴同放也，然与下文勿庸杀之，姑惟教之语气仍不相应。”《困学纪闻》引张氏震之说，以为此告者之词云尔，劝汝执而尽杀之也，汝当思之。曰：“是商之诸臣化纣为淫湎者，而可遽杀乎？亦姑惟教之而已。若不教而使陷于罪，是亦我杀之也。”周公戒康叔皆止杀之词，奈何以为劝哉？厚斋谓此说得忠厚之意，是已按之经文，亦必如是解之，语意方一贯。蔡仲默《书集传》引苏氏曰：予其杀者未必杀也，犹今法曰当斩者皆具狱以待命，不必死也。用意虽善，不若氏以厥或诰曰，为告者之词于义为长也。

六七　冯君辅雅量卓识

《遂昌山樵杂录》载，中奉大夫西台侍御曹南冯公讳翼字君辅，为中台监察御史，与一蒙古御史并马行。蒙古马肥健，尝先一箭行。冯马老瘦莫前，道遇一醉人，见冯马羸衣敝，用策挞冯三四鞭。前行御史亟呼曰："监察御史为人挞，宪度坠矣。速捕挞者毋贷。"冯举手谢曰："无是。"醉人跃马去。前御史至察院语同僚曰："冯御史道为人挞，我命捕之，而冯曾不恤恶，有是耶。"语竟冯至，同僚迎谓曰："何故？"冯谢以无有。前行御史怒曰："如此则是我妄言！"冯因起立语众人曰："某本疏远下僚，朝廷不以其无似，擢置言路，已二十日矣，天下大事未有小建白，而先与醉人兢（竞）曲直耶？"诸同僚曰："虽有此言，我辈得预闻也。"冯笑而不答，已而进疏十事，皆天下大事云。语曰："千钧之弩，不为鼷鼠发。"冯之谓也。

六八　杜业妻奇妒

宋郑文宝《南唐近事》谓，杜业妻张氏，奇妒。业任枢密，室绝婢妾，业惮之如事严亲。烈祖尝命元皇后召至内庭诫之曰："业位已通显，得置妾媵，何拘忌如此？岂妇道所宜邪？"张氏垂涕而言曰："业本狂生，遭逢始运多垒之初，陛下所藉者，驽马未竭耳，而又早衰，纵之恐贻患将误任使耳。"烈祖闻之，大加奖叹，以银盆彩缎赏之。昔人诗曰："老健方知妒妇贤。"然张氏之对，未必真由衷之言也。

六九　尽去五通神

姚宽《西溪丛话》云，绍兴府轩亭，临街大楼，五通神据之，土人敬事。翟公巽帅越，尽去其神，改为酒楼。汤孔伯抚吴，毁上方山五通祠。盖宋人已有此事，吴越风俗大率相同也。（赵云崧《陔余丛考》谓五圣、五显、五通，名虽异，实一也。）

七〇　梼杌疑为饕餮

袁彦伯咏史诗："陆贾厌解纷，时与酒梼杌。"古诗解云："梼杌凶顽无比，貌与酒梼杌不可解。"疑梼杌乃饕餮之讹，谓贪于酒食耳。

七一　藩宣失其职

周栎园《赖古堂尺牍新钞》，王志远与徐耀玉职方云：藩宣之司，久失其职，既不能如仗钺持斧者之雷厉风行，又不能如分竹鸣琴者之朝施暮暨，动皆掣肘，竟成何事。由是观之，则藩宣失职，其所从来久矣。然如前清时，虽督抚权重，而用人行政，亦必商之藩司，果其居官公廉，有以共信，固未始不可行其职权。家父在河南布政使任，颇有守正不阿之名，抚院亦往往屈己相从。官之能否行其职权，亦视其人之自待如何耳。

七二　阎朝邑荐人

李菊圃为阎朝邑所举，其署黔抚，唯知禁人宴会及衣绸缎，廉而不知为政。或以其名作联云：“形如土偶浑无用，心似污泥总不清。”复以四字题之曰：“井上有李。”可谓谑矣。其后署山西布政使，与江西布政使李嘉乐同奉旨来京，另候简用。朝邑遂奏称疆臣，劾去大员，私图自便，盖宪之亦朝邑所保荐也。上谕有云：“封疆大吏，系朝廷特简。凡用人行政，必须授以事权，方资治理。至考察属吏，耳目最近。若督抚密考，不谋而合，自出公论，岂能仅凭阎敬铭一人之见。经其保荐，不进不止，他人遂不得更置一词者，此风何可长开？”宪之虽性啬而褊，居官亦尚廉洁，殆亦菊圃之流，故为朝邑所激赏也。

七三　小学大迷，小慧大愚

《淮南子·说山训》云：“人不小学，不大迷；人不小慧，不大愚。”诚有味乎其言。盖小学而矜其学，所以大迷也；小慧而恃其慧，所以大愚也。

七四　推命术

韩退之为李虚中墓志，言其最深五行书，以人之始。生年月日所值日辰支干相生胜衰死，王相斟酌，推人寿夭贵贱不利，辄先处其年月时，百不失一二。是唐时推命，止用年月日，不用时，无所谓四柱。宋徐子平《珞琭子赋》，汪始专以人生年月日时八字推衍。《四库书目》载有宋岳珂补注《三命指迷赋》一卷，倦翁《桯史》尝记韩侂胄八字，为壬申辛亥己巳丙寅日者，谓至丁卯年壬子月必得奇祸。余知交中不乏通达之人，而迷信是术者，民国三四年，北平命相家极一时之盛，盖项城亦迷信之。说者谓项城之亟亟谋称帝，实由日者推其寿止五十八岁，思所以禳之也。

七五　文网摘谈

钱海（梅）溪《履园丛话》云，胡中藻之文见赏于鄂西林，目为昌黎再世。后相国薨，左迁为光禄寺卿，乃郁郁不乐，发言多犯，卒干大戮。失一知己，便尔丧身，可畏哉！考中藻之诗，指为悖逆，实亦出深文周内。如噶礼以陈恪勤所作重游虎邱诗为怨望，何尝不字笺句。比若值高宗，恐亦不免于祸。姚南青跋《刘须溪集》文首云，乾隆辛未春南巡末云，宋元文儒，值阳九、百六之会，类身名泰然，可以想见当时涵濡之泽。后世有宇内承平而网密如凝脂，利尽于敛穧，合天下之财力，以快一人之私，使士夫憔悴堙阨不复自存，亦昔之君子所不及睹而发其累欷太息者。其为指斥高宗，灼然可见，而得免于法网，可谓幸矣。

七六　服硫黄者非韩退之

朱晦翁《韩文考异》，《故太学博士李君墓志铭》下，引孔毅夫《杂说》云，张籍哭退之诗云："为出二侍女，合弹琵琶筝。"白乐天《思旧》诗云："退之服硫黄，一病讫不痊。"退之尝讥人不解文字，饮而自败于女妓乎。作李博士墓志，戒人服金石药，而自饵硫黄邪？又后山《嗟哉行》亦云："韩子作志还自屠，白笑未竟人复吁。"正谓此耳。此志作于长庆三年，明岁即卒。相距非远，何至自蹈覆辙？张文昌祭退之诗云："公有旷达识，生死为一纲。及当临终晨，意色亦不荒。赠我珍重言，傲然委衾裳。"若果服硫黄而病，安能如是？亦岂得曰"有旷达识"耶！又王正甫《唐语林》"方正门"云，韩愈病将卒，召群僧曰："吾不药，今将病死矣，汝详视吾手足支体，勿诳人云韩愈癞死也。"此尤非饵硫黄病死之证。且退之卒年五十七，与白诗悉不过中年句亦不合，所指自当别为一人。洪庆善《韩子年谱》有"方崧卿辨证"一条云，卫晏三子，次子中立字退之，中立饵奇药求不死，而卒死。乐天诗谓“退之服硫黄”者，乃中立也。

七七　王维诗辩

叶石林《诗话》谓，诗下双字最难。唐人记“水田飞白鹭，夏木啭黄鹂”为嘉祐诗，王摩诘窃取之，非也。此两句好处正在“漠漠阴阴”四字，此乃摩诘为嘉祐点化，以自见其妙。又周紫芝《竹坡诗话》亦言，摩诘四字最为稳切。案：李肇《唐国史补》云，王维有诗名，然好取人文章佳句。“行到水穷处，坐看云起时。”李华集中诗也。“漠漠水田飞白鹭，阴阴夏木啭黄鹂。”李嘉祐诗也。据此，则“漠漠阴阴”四字亦不出自右丞矣。《四库提要》谓“水田、白鹭”之联，今李集无之。然《四库》著录并无李嘉祐集，不知何据。《李遐叔集》则《四库》所有，于“行到”二句，初不置辩，何也？

七八　邵伯温论温公荆公

邵伯温为尧夫之子，其《闻见前录》虽抑荆公而尊温公，尚有持平之论。如谓雇役差役各有病，秦晋之民利差役，吴蜀之民利雇役。温公、荆公皆早贵，未历州县，故狃于一偏。章子厚虽贤否不同，而性聪明，深知吏事，故于温公改役法时，言往日行免役法，以行之太骤，故多弊。今日改法，宜详酌而缓行之，庶几无弊。而温公不听。邵氏是言甚公，然介甫尝知鄞县，贷谷与民，立息以偿，俾新陈相易，青苗之法，即其施行有效者。不得云未历州县，至免役固是良法，温公之复差役，苏子瞻曾力争之，见《宋史》本传。

七九　钱竹汀谈诗

钱竹汀《十驾斋养新录》云，杜牧之著论言，近有元白者，喜为淫言亵语，鼓煽浮嚣，吾恨方在下位，未能以法治之。牧之可谓失言矣。元白讽谕诗，意存谠直，岂皆淫媟之词？若反唇相稽，牧之岂无媟语乎？无诸己而后非诸人，立言者其戒之，其论甚正。然考《樊川文集·李府君墓志》，此盖述李戡言也。志云，所著文数百篇〈外〉，于仁义外一不关笔。尝曰，诗者，可以歌，可以流于竹，鼓于丝，妇人小儿皆欲讽诵，国俗薄厚扇之于诗，如风之疾速。尝痛自元和以来，有元白诗者，纤艳不逞，非庄士雅人多为其所破坏，流于民间，疏于屏壁，子父女母，交口教授，淫言媟语，冬寒夏热，入人肌骨不可除去。吾无位不得用法以治之，使后代知有发愤者，因集国朝以来类于古诗，得若干首，编为三卷，目为唐诗，为序以导其志疑。尝曰，以下即李戡唐诗序中语，故牧之作志，不得而略耳。竹汀以为牧之自言，殊未审。叶石林《避暑录话》亦辨及之。

八〇 咏息夫人诗

汉口月湖堤上，旧有桃花夫人庙。桃花夫人者，息夫人也。杜牧之诗云："细腰宫里露桃新，脉脉无言几度春。至竟息亡缘底事，可怜金谷坠楼人。"盖据《左传》，故以绿珠愧之也。王霞九任湖北学政，遂以陈良易息妫。象州郑小谷尝咏其事，但以杀风景为讽，亦未为夫人辨。陈云伯《碧城仙馆诗钞·桃花夫人诗》，虽本刘向《列女传》，以矫盲左之失。（刘寿曾《临川问答》云："《春秋》庄十四年秋七月，荆入蔡。"《左传》于是年叙楚子灭息，以息妫归，生堵敖及成王。夫息妫入楚甫半年，安得遽生二子？即系追叙庄十年楚执蔡侯以后事，则二子当生在十二三年至十九年。楚子卒，二子皆童稚耳。堵敖立五年，成王弑兄代立，成王年必更幼于堵敖，岂有未及十龄而能弑兄者？则二子必稍长，非息妫所生。是知《左传》所载，不无可疑。）而诗实未佳。唯吴县叶廷琯调生有桃花夫人庙题壁一首，工雅绝伦。其诗曰："东风憔悴此蛾眉，家国伤心只自知。设誓定偿同穴愿，报恩何异坠楼时。谁怜薄命花飘溷，莫信成阴子满枝。千古青陵同怨血，汉滨转惜托丛祠。"

八一　王阮亭《过豫让桥》诗

王阮亭《过豫让桥》诗："似闻柱厉叔，侠报吕敖公。"然柱厉叔之死，谓以愧君之不知其臣者，亦有所激，而为不足折服豫让。余昔过豫让桥，忆及此诗，殊不以阮亭轩轾二人为然。

八二　王佩文多次自杀

自杀之念，百折不回，至四五次，历十余年而后死者，惟王佩文纫秋一人。王君服鸦片于赵次山鄂督署，不死；自缢于马厩、于卧室，不死；自轹于丰台，又不死；最后卒自投于温州海中。王君之自杀，盖自伤身世，非神经错乱使然。其人意志至强，使移之于取义成仁，虽圣杰何殊焉。

八三　王佩文卧轨丰台

王君之自轹于丰台事绝可笑。王君因二次自缢，其家人忧之，乃劝其南下游览西湖，以广其意。车夜过丰台，偶未经意，王君潜下车步至无人处，卧铁轨上自轹。未审吾国交通，不如他国之频繁，终夜竟无一车过丰台者，天曙，竟为路警所救。

八四　诵唐诗为易实父欣赏

余十岁时，侍父母居苏州藩署，极蒙易顺鼎实父、顺豫由甫、朱铭盘曼君、费念慈屺怀、张祥龄子馥、文焯小坡诸丈怜爱，每出游，必携余同往。一日宴沧浪亭，家父与诸丈谈艺正酣，余潜出至亭下石桥畔，高唱唐人“水边杨柳石栏桥”一绝，为实父丈所闻，大为欣赏。儿时光景，历历在目，今诸丈已先后谢世，回首前尘，为之惘惘。

八五　刘先主遗诏督教后主

刘先主遗诏敕后主曰：“勿以小恶而为之，勿以小善而不为。惟贤惟德，能服于人。汝父德薄，勿效之。可读《汉书》《礼记》，闲暇历观诸子及《六韬》《商君书》，益人意智。闻丞相为写《韩》《申》《管子》《六韬》已毕，未送，道亡，可自更求闻达。”临终告诫后主，犹丁宁周至如此，其平日督教之严，可以想见。而后主竟不肖。孟德、文台，未闻如何教子，而子桓兄弟，文学武功炳于史册；伯符、仲谋，英略盖世。孔子曰：“惟上智与下愚不移。”

八六　沈公重视人才

前清修订法律大臣沈公家本，实清季达官中，最为爱士之人。凡当时东西洋学生之习政治、法律，归国稍有声誉者，几无不入其殼（彀）中。法律馆于两大臣下，虽设有提调、总纂、纂修、协修等名目，然薪俸之厚薄，则不以位置之高下为标准。总纂薪金倍于提调，纂协修之专任者，其薪金又倍于总纂。盖以初筮仕之学生，其资格不足以充提调，总纂使之专致力于编纂事业，非厚俸不能维絷之也。当时王大臣中亦多喜延揽新进，惟严范生师之爱士，出于至诚。然事权不属，不能尽如其意，其余类叶公之好龙，非沈公比也。

八七　吾顶已红，不求以血染

解君树强于前清宣统二年，因革命嫌疑，为步军统领桂春所捕，奉旨交大理院讯办。案情重大，朝野注目。定成公方为大理院正卿，公素好诙谐，当时大理院案件虽由庭长、推事鞠讯，实则仰承正卿意旨，不敢专决也。审讯前，定公告司谳者，此案固奉旨交办，然务必秉公审讯，不可稍挟成见，吾顶已红，不求以血染也。解卒得开释。

八八　严范生做证人

民国元年，天津初设审判厅。某民事案件，传严范生师做证人。推事、书记官皆来自田间，不知师为何许人。师至审判厅，证人室已无隙地，师鹄立廊下二小时。嗣厅长至，见师，亟肃入客室。师不入，曰："吾来做证人，非拜客也。"或谓师不必赴厅做证人，师曰："做证人乃国民义务，审判厅初设，吾不可不为之倡也。"

八九　三人记女子有别

王书衡语余曰："天下记女子典故最多者，莫如吴向之、樊云门、易实甫三人。然三人所记，又各不同。易专记美女子，樊专记坏女人，吴专记老太太。"可发一噱。

九〇　子不必步父后尘

余一日侍家父诣乔茂萱丈。丈谓家父曰："吾有痴儿（彦康早得狂疾），君获令子。吾老境殊不如君。"余曰："家父邃于经术，余不通一经，殊愧丈言。"丈曰："不然，凡步父后尘者，率非英物。何子贞之父文安公习赵书，子贞则学鲁公，一技且然，子与父何必一步一趋，良工之子，必学为裘，亦未可概论也。"

九一　某君妙文一则

余光绪三十二年归国，三十四年始应学部留学生考试。汉文题为："巫臣使吴，教吴乘车、战阵，遂通吴于上国。"因题义少可发挥，遂引房琯、陈涛之役用车战事以点缀之，乃大为严几道丈所赏。是日，余交卷最早，过邓君守瑕案前，见其卷上有"夏姬"二字，不觉俯睨其卷，盖煌煌骈体文也。日角数艺，乃从容不迫，独为俪语，邓君之才洵不可及。当日留学生，俗所谓半路出家，旧学多有根柢，如邓君即成都尊经书院高材生也。然此次国文卷中，亦有至可笑者。某君文中有"古之所谓车者，非今日之人力车、马车欤"二句，场中资为谈助。为严范生师所闻，写榜时，范师适过其处，问专门司司长王君九："人力车、马车卷及第否？"答曰："列优等。"师曰："不可不可。"言毕而去。于是专门司互商，严侍郎以为不可者，或谓置诸优等不可耳。如核减其分数降至中等，当无异言。君九力持不可，谓主试襄校已出场，专门司无核减分数之权。其论甚正，无以难之，而又别无解决之法，于是去其文凭分数，专以试题各门所得分数平均之。不料核算结果，某君竟至下第。盖是年考试，学部内定以文凭分数与各门平均所得分数以二除之，为及格分数。某君在外国某私立大学毕业，其文凭分数为百分，平均分数只四十余分，即优等，去其文凭分数，故不能及格也。范师后曾语余，当时云“不可不可”并无深意，不过闻其竟列优等，不免惊讶耳。而某君竟因此落第，深为歉仄。

九二　因座次高下面责主人

余与人交，不矜意气，故少与人忤，惟一次因坐次高下，竟面责主人，然亦为人，非为己也。神田正雄，余早稻田大学同学，其在北京为新闻通信员，时过从极密。某岁，神田君被选为日本众议院议员，重游北京，招饮于长春亭。宾客约三十人，主人推芳泽谦吉公使及王儒堂上座，他客席次以拈阄定之。是日我驻日公使汪君衮甫方自日本乞假北旋，亦在来宾之中。余至不怿，引主人至他室诘之曰：“儒堂非现任阁员，以云旧资，则尚在座中。某某之后，独延之上座，有说乎？”主人答以“今日来宾，贵国人中，惟儒堂非日本留学生，故客气耳”，余曰：“然则芳泽何以独上座？岂非敬其为代表贵国驻在我邦之公使耶？代表敝邦驻在贵国之公使汪君何以又不加敬礼而延之上座耶？”主人语塞，乃延汪君与芳泽同座。

九三　题壁诗

某君游潭柘寺，题壁只二句：“马料空山尽，龙松古刹多。”马料必有本事，惜未便晤时一询之耳。

九四　某寓公警句

天津某寓公，喜吟诗。沅叔诵其赠陈姓警句："谱牒遥传驴堕宋，文章今见鳄驱韩。"在坐某君曰："韩公驱鳄，未闻鳄驱韩也。"沅叔正色曰："事隔千年，安知鳄鱼不报仇耶？"一座捧腹。

九五　主试官所问匪夷所思

乡人某君，曾于高种子来任福建司法筹备处长时，充本省法官，后应某届县知事考试，笔试已及格矣，县知事分发，凡曾服官某省者，例得分发该省。某君因子来为旧日长官兼有乡谊，思得其照拂，其履历乃捏称曾充山东法官，然足迹固未至齐鲁也。不意口试时，主试官骤问山东高等审判厅在城内耶，抑在城外？某君大窘，自思衙门岂有在城外之理，以城内对，遂被黜。某君之作伪无足奇，主试官所问真匪夷所思矣。

九六　论历代操利柄为国计者

《旧唐书·刘晏传》："史臣曰：'历代操利柄为国计者，莫不损下益上，危人自安。奕（变）法以弄权，敛怨以构祸，皆有之矣。刘晏通拥滞，任才能，富其国而不劳于民，俭于家而利于众。’或问曰：‘郑子产吏不能欺，宓子贱吏不忍欺，西门豹吏不敢欺。三子者，古之贤人也，吏皆怀其欺，而不能、不忍、不敢也。晏之吏，远近自不欺者，何也？’答曰：‘盖任其才而得其人也。’”晏殁，故吏二十余年继掌财赋，不其是哉？《史记·货殖》云：“平粜齐物，关市不乏，治国之道也。”晏治天下，无甚贵甚贱之物，泛言治国者，其可及乎？举真卿才，忠也；减王缙罪，正也；忠正之道，复出于人。呜呼！木秀于林，风必摧之。常衮见忌于前，杨炎致冤于后，可为长叹息矣。《唐书》赞曰：“刘晏因平准法干山海，排商贾，制万物低昂，常操天下赢赀，以佐军兴，虽用兵数十年，敛不及民，而用度足，唐中偾而振，要（晏）有劳焉。可谓知取予矣。其经晏辟署者，皆用材显，循其法，亦能富国云。”刘宋之于士，安推挹至矣，胡寅《读史管见》独谓：“士安以理财而死，是言利背义之为害。”陈世隆《北窗笔记》辨之曰：“刘晏之诛死，因昔戡元载鞫狱伏诛，而其党杨炎坐贬。后炎专政，衔私恨为载报仇，诬构以死，天下冤之。使晏不戡载事，虽理财，固不死也。戡载事，即不理财，固亦死也。”胡致堂乃谓：“晏以理财而死，遂谓是言利背义之为害。若天道报恶者，然将是司国计者，不以足国为务，而徒以不言利为高，则国亦何利焉？嗟呼，兵以平乱，乃不论丈人之师，弟子之师，而徒曰：兵者，老氏之所忌，是天下无兵也。刑以防奸，乃不问出于哀矜，出于苛刻，而徒曰：皋陶之无后，为主刑也，而遂有纵盗贼以为阴骘者，是使天下无刑也，而可乎？”甚矣，胡氏之说不当，事情不可以为训也，此驳致堂极为允当，然亦有未可概论者，如桑弘羊、咸阳、孔仅三人言利事，析秋毫，徒以供汉武之侈欲，与夫宇文融、韦坚、杨慎矜、王鉷之伦，或括户取媚，或漕运承恩，或聚货得权，或剥下获宠，皆开元幸人。其贾祸招怨，败国丧身，讵非万世之龟鉴欤？

九七　要奸之附会

陈肇波紫澜《近思轩随笔》云：“杨氏正韵笺律要奸罪条，将男作女也。”阅此方知俗言鸡奸之误，说者谓男与男不仰合，如鸡之交构然。凡禽兽皆然，何必独比于鸡？盖要乃音鸡，故人讹以为鸡，又附会而曲为之说耳。

九八　联句《满江红》

家父检示费（屺怀）丈手书小笺，与文廷式（道希）、梁鼎芬（星海）、李智传（洛才）联句《满江红》二阕。笺盖昔京师像姑下处所用请客条也。词曰：云净天高，荡一幅，凉痕如水。（道希）只今日，琴心正粲，幽兰情思。（节闇）千古西风吹断梦，惊心落叶轻于纸。（屺怀）怅关河，萧瑟笛声哀，秋深矣。（道希）欲唤酒，长亭醉。欲拔剑，长空倚。（节闇）问何荣何辱，何生何死。（西鑫）威凤高翔梧实老，文章辽海悲何已。（道希）便从今，漂泊送平生，奚须比。（节龛）又：莽莽乾坤，正寥落，清秋时节。（洛才）空翘首，银河一线，雁飞瑶阙。（道希）欲采夫（芙）蓉江上暮，清歌字字伤离别。（屺怀）却一痕，眉月冷窥人，寒无色。（屺怀）元武动，瑶光列。北斗柄，南箕舌。与吾侪心焰，光芒相射。（道希）今日明朝须爱惜，精金良玉无磨灭。（节堪）剩满腔，热血待他年，谁藏碧。（屺怀）（术者谓余岁在辛丑将以战没故戏及之。）按：是词作于光绪乙酉，节庵方罢官，故有"便从今，漂泊送平生"之句也。

九九　"养相体"

刘祁《归潜志》云，南渡之后，在位者临事，往往不肯分明可否，相习依言缓语互相推让，号为"养相体"。吁！相体，果安在哉？又曰：宰执用人，必择无锋铓、软熟易制者，曰恐生事。故君子多不得用，虽用，亦未久遽退。京叔所言，金源（元）末年情事，与清光宣之际如出一辙。

一〇〇　子苍义利论可谓明通

罗璧识遗云："'利'之一字大，《易经》，四圣之书，'利贞''利有攸往'等语，各卦必言，何尝不择而行者。

财利虽曰害义，孔子赞《易》，何以守位，曰仁。次以何以聚人，曰财。十三卦之制作，首以畋渔之离，耒耜之益，交易之噬嗑，且舟车致远，以通之，击折（柝）弧矢，以卫之，所以为财计者甚密，然后宫室、棺椁、养生、送死可无憾也。孟子言‘王道之始，在墙下之桑、鸡、豚、狗、彘之蓄’数语，人主享有天下之奉，膳服、祭祀、宾客、朝觐、聘飨、水旱、兵凶，尤非可以空谈理也。故禹平水土，必先贡赋；《周礼》衡虞，亦且设官。世儒不察，何必言利一语，激于齐梁，懵不知义，遂谓财利孔孟不尚，则士当知讳。不幸国用告急，则仓猝聚敛之不恤，是皆识偏论固之所致也。”子苍此论，甚为明通。

一〇一　理财归公抑或理财归私

昔之善理财归公，今之善理财入己。孔毅父《珩璜新论》云：“方刘晏之治财谷，一人而已。自晏之死，赋入益耗。顺宗将李巽为使，莅职一年，校其所入，如晏最多之年，明年过之，又明年，增一百八十万缗。而程异之计较，又精于巽。自治财谷之才观之，是刘晏不如李巽，李巽又不及程异也。此特就其人之才言之耳。”吾窃有感者，史称晏死之日，籍没其家，惟杂书二乘、米麦数斛而已。身殁官第，家无余赀，其廉若此，可不谓之贤乎？民国以来，主管财政交通者，几无不致富，安得不令人发思古之幽情耶？

一〇二　史思明妙诗

唐高择《群居解颐》载史思明诗："樱桃一笼子，半红又半黄。一半与怀王，一半与周至。"左右曰："明公诗大佳，若一半与怀王，移作下句，岂不更协韵耶？"思明怒曰："吾儿岂可居周至之下？"思明何足讪，近日之新体诗，皆学史思明者。

一〇三　财政庙佳联

财政庙联不易著笔，西湖孤山财政庙俞曲园撰联云："梅鹤洗寒酸，好教逋老扬眉，葛仙生色；莺花添富丽，恰称金牛岭畔，宝石山边。"才人吐嘱，固自不凡。

一〇四　司马相如不慕高爵质疑

嵇康《圣贤高士传》，惟司马相如不类。相如，文人之无行者耳，安得比于圣贤高士？康称其不慕高爵，常托疾不与公卿大事。考之本传，殊不可信。

一〇五　宓子贱、巫马期为政比较

宓子贱治单父，弹鸣琴，身不下堂，而单父治。巫马期亦治单父，以星出，以星入，日夜不处，以身亲之，而单父亦治。巫马期问其故于宓子，宓子曰："我之谓任人，子之谓任力。任力者，固劳；任人者，固佚。"人曰，宓子贱则君子矣。佚四肢，全耳目，平心气，而百官以治，任其数而已。巫马期则不然，弊生事，劳手足，烦教诏，虽治犹未至也。《吕氏春秋》《韩诗外传》《说苑》《景子》所引文句，虽大同小异，然皆右宓子贱，而抑巫马期，不免误于黄老之说。黄老之学，决不足以言治。宓子之治单父，非无为而治，殆任人而不任己耳。宓子贱必有可任之人，故能弹鸣琴，身不下堂而治。如无可任之人，则非任力不足以图治人。孰不喜佚而恶劳？巫马期、诸葛忠武非不欲效宓子贱，付托无人，亦惟有鞠躬尽瘁耳。

一〇六　下不安者，上不可居也

《魏文侯书》：东阳上计钱布十倍，大夫毕贺。文侯曰："此非何（所）以贺我也。譬如治冶，令大则薄，令小则厚，治人亦如之。夫贪其赋税，不爱人，无异夫路人反裘而负刍也。将爱其毛，不知其里尽，毛无所恃也。今吾田地不加广，士民不加重，而钱十倍，必取之士大夫也。吾闻之，下不安者，上不可居也。此非所以贺我也。”今日下之不安亦甚矣，居上者得勿栗乎？

一〇七　李克观士五法

李克书魏文侯卜相于李克，克曰：“夫观士也，居则视其所亲，富则视其所与，达则视其所举，穷则视其所不为，贫则视其所不取，五者足以定之矣，何待克哉？持此五者以观人，如镜之照物，无遁形矣。”

一〇八　大夫为政不能不盗

马国翰竹吾《目耕帖》，论《周礼》：大司寇之职，建邦国之三典：一曰，刑新国用轻典；二曰，刑平国用中典；三曰，刑乱国用重典。谓人君抚世酬物，不可执一。新国固宜轻典，然纵弛之后，必济之以猛，如武侯之治蜀；乱国固宜重典，然残虐之余，宜济之以宽，如裴度之入蔡。平国固宜用中典，然法度不修，姑息为治，则国势寖微，必修明制度，振举纪纲，使臣民有所警惧，子孙有所遵循，可也。总之，因时制宜，不失先王立法之意，可矣。其言固亦允当。然《周礼》伪书，为刘歆所撰。所谓三典，未必即先王立法之意。近时于治乱国用重典之说，尤笃信之。项城时代之惩戒盗匪条例，至今未废，而盗风益炽。昔鲁国多盗，诘之曰：“汝胡以盗？”对曰：“大夫为政，不能不盗。何以诘吾盗?”又曰：“子大夫与吾侪小人，其俱负翳以谋期（朝）夕耳。诘安用之?”（见《古文琐语》）今日之盗，抑岂重典所能治哉?

一〇九　《后出师表》疑伪托

诸葛武侯《后出师表》，本集不载，出吴张俨《默记》。词气与前表不类，俨生平最服膺武侯，疑即俨所伪托。

一一〇　阿妃终身不与郗昙言

梁沈约《俗说》：“谢仁祖妾阿妃有国色，甚善吹笛。谢死，阿妃誓不嫁。郗昙时为北中郎，设权计遂得阿妃为妾，阿妃终身不与昙言。”此又一息夫人也。

一一一　有两条最为精审

董仲舒《春秋决事》比十卷，今佚散。于《礼记正义》《通典》《白帖》《太平御览》凡七八条。《礼记·檀弓》孔颖达正义引《公羊》说，妻甲夫乙殴母，甲见乙殴母而杀乙，《公羊》说甲为姑讨夫，犹武王为天诛纣，甲见夫乙殴母而杀乙，比于武王诛纣，殊不伦。郑康成已非议之。然有二条最为精审，当表而出之：一、《通典》

卷六十九《东晋成帝咸同（和）五年散骑侍郎乔贺（贺乔）妻于氏上表》引，时有疑狱曰：甲无子，拾道傍弃儿乙养之，以为子。及乙长，有罪杀人，以状语甲，甲藏乙，甲当何论？仲舒断曰：甲无子，振活乙，虽非所生，谁与易之？诗曰："螟蛉有子，蜾蠃（蠃）负之。"《春秋》之义，父为子隐，甲宜匿乙而不当坐。二、《太平御览》卷六百四十，甲父乙与丙争言相斗，丙以佩刀刺乙，甲即以杖击丙，误伤乙，甲当何论？或曰："殴父也，当枭首。"论曰：臣愚以为父子至亲也，闻其斗，莫不有怵怅之心。扶杖而救之，非所以欲诟父也。《春秋》之义，许止父病，进药于其父而卒，君子原心，赦而不诛，甲非律所谓殴父，不当坐。

一一二　双忽雷传奇

章曼仙遗诗《双忽雷行》有序：唐韩滉得沙逻双忽雷，以进德皇，文宗朝女官郑中丞特善之，后迕旨，缢投沟水。甘露变后，人物俱杳。康熙中，曲阜孔东塘得小忽雷，材坚润如紫玉，上有文曰："建中辛酉，臣滉恭献。"东塘作《小忽雷》院本传奇，与《桃花扇》并行。光绪末，归贵池刘葱石，后刘又购得大忽雷，二雷复见于世，乃建双雷阁以志其盛。并写《枕雷图》，属题云。曼仙诗有"中丞一朝迕圣颜，身随沟水流人间"之句。偶阅唐段安节《琵琶录》，郑中丞当日实未死，其事甚奇，可作小说观，因泚笔录之。文宗朝有内人郑中丞（中丞当时宫人官也）善胡琴。内库有琵琶二面，号大忽雷、小忽雷，因题头脱损，送崇仁坊南赵家料理，大约造乐器悉在此坊，有二赵家最妙。时有权相旧吏梁厚本，有别墅在昭应县之西南，西临河渭，垂钓之际，忽见一物流过，长五七尺许，上以锦缠之，令家僮接得就岸，乃秘器也。及发开视之，乃一女郎，妆色俨然，以罗巾系其颈，遂解巾，伺之口鼻之间，尚有余息，移入室中。养经旬，方能言语。云："我内弟子郑中丞也，昨因迕旨，令内人缢杀，投内河中，锦即是临刑弟子相赠耳，及（乃）如故。"即垂涕感谢。厚本无妻，即纳为室。自言善琵琶，其琵琶今在南赵家修理，恰值训注之事，人莫有知者。厚本因赂其乐器匠购得之，至夜分，方敢轻弹。后值良辰，饮于花下，酒酣，不觉朗弹数曲，是时有黄门放鹞子过于墙外，听之曰："此是郑中丞琵琶声也。"窃窥识之。翌日，达上听，上始尝追悔，至是惊喜。遣中使宣召问其由来，乃舍厚本罪，任从匹偶，仍加锡赍焉。

一一三　赠蔡元定诗

蔡元定字季通，通术数，善地理，每与乡人卜葬。朱晦翁极喜之。及谪道州，有人赠以诗曰："掘尽人间好陇丘，冤魂欲诉更无由。先生若有尧夫术，何不先言去道州。"

一一四　风鉴不可凭

宋孔平父《孔氏杂说》，相之不可凭也。《南史·庾莘传》，庾复家富矜财，食必列鼎，又状貌丰美，颐颊开张，人皆必为方伯。及魏克金陵，复以饿死。又有水军都督褚蕴，面甚尖危，从理入口，竟保衣食而终。唐柳浑十余岁，有巫告曰："儿相夭且贱，出家可免死。"浑不从，仕至宰相。魏朱建平善相，钟繇以为唐举、许负，何以复加，然相王肃年逾七十，位至三公，肃六十三终于中领军耳。史氏以为差失，吾以为相不可凭也。《南史》徐陵，八岁属文，十三通庄老，光宅寺慧云法师每嗟陵早死，陵仕至太子太傅，年至七十七。唐《孔若思传》，孔季诩擢制科授校书郎，陈子昂尝称其神清韵远，可比卫掾，而季诩终于左补阙。使徐陵夭而不寿，季诩遂至显官，则人遂以为风鉴之验矣。吾以此知风鉴之不可凭也。

一一五　余不信看相

卢君易庵有神相之名，其得名自相胡汝麟石青始。易庵初不识石青，某日送客东车站，于稠人中见石青，同行一友与石青谂，易庵讯其友曰："君识此人耶？"友曰："此中州胡石青也。"易庵曰："此人不三月，必入囹圄。"未几，石青果以中原煤矿事，被诬入开封狱。于是易庵神相之名大震。余素不信看相算命，任修订法律馆总裁时，与易庵朝夕相见，从未浼其看相。一日遇友人处，叶叔衡、景莘继至，友他出未归，因谈及相术，余语易庵："余之不请君相面，非不信君，实根本不以相术为然，人之有求于相士，不过欲前知其吉凶祸福耳。余则以为吉凶祸福本不必前知，富贵必逼人而来，乃惊而可喜。傥先知之，殆操券而索偿耳，何足快意？至于祸患之来，尤以不前知为妙。譬如死亡，委心任化可也。苟信术士之言，如不日当死，则生人之趣先失，凡百事业皆无勇气为之。人亦胡为而自寻烦恼耶？术士惑人，更有一说，即趋吉避凶是也。然人有敝屣尊荣，知其吉而避之若浼者；士有杀身成仁，知其凶而甘之如饴者。有吉则趋，是之谓贱士；惟凶是避，是之谓懦夫。吾辈自待固如是乎。"易庵竟无以难之。

一一六　易庵说余有清气

是日易庵又谓余曰："平生相人，清气之多，殆无如公者。"余笑曰："余闻君言殊不乐，清气直无金银气之谓，余其以贫终乎？"易庵曰："不然。"指叔衡云："渠幸有清气，不然将以拉车为生，今日不能与余等并坐而谈矣。"然余终不知清气为何物。

一一七 得失与气色何关

某君素信易庵觇气色，每博，必先询易庵。易庵曰气色佳，博必胜；曰气色恶，博必负。一日遇易庵于馆中，易庵曰："公今晨气色之佳，殊于曩日。"某君立召客与博，大负。于是痛骂易庵。余解之曰："易庵言本不足信，君月入千金，胜负数百元耳，其得失与气色何关耶？"

一一八 宋人议论如同呓语

陈子兼《扪虱新话》云：论者谓子美"无数蜻蜓飞上下，一双鸂鶒对沉浮"，便有"关关雎（雎）鸠，在河之洲"气象。予亦谓渊明"蔼蔼远人村，依依墟里烟。犬吠深巷中，鸡鸣桑树巅"（案：古辞云"鸡鸣桑树巅，犬吠深宫中"），当与《豳风·七月》相表里。宋人此等议论，直同呓语。

一一九 闺秀诗罕学

闺秀诗罕学《文选》，惟汉州张祥龄子馥室华阳曾彦季硕《桐凤集》独工此体。其母左锡嘉冰如，有《冷吟仙馆诗集》，余最喜其《雨后一绝》云："短篱穿过一枝竹，小院分栽半亩花。雨后暗量瓜蔓架，明朝看长几分芽。”又《秋闺》云：“生小不知门外路，如何梦又到天涯。”亦佳。

一二〇　张相升二语切中今日之弊

宋彭乘《墨客挥犀》：张相升为御史，数上封章，论及两府。仁宗顾谓曰：“卿本孤寒，何故屡言近臣？”公奏曰：“臣安得为之孤寒，臣自布衣，不数年，政身清近，曳玉腰金，如陛下乃为孤寒也。”帝曰：“何为也？”奏曰：“陛下内无贤相，外无名将，官冗而失黜陟，兵多而少教习，孤立朝廷之上，此所以孤寒也。”官冗而失黜陟，兵多而少教习，二语殊切中今日政治之弊。

一二一　肺石由来

《续墨客挥犀》云，长安故宫阙前，有唐肺石尚在，其制则如佛寺所击响石，而甚大，可长八九尺，形如人肺，亦有款志，但漫剥不可读。按：《周（秋）官·大司寇》以肺石达穷民，求其义，乃伸冤者击之，立其下，然后士听辞，如今之挝登闻鼓也。所以肺形者，便于垂，又肺主声，所以达其冤也。今考《秋官·大司寇》：“以肺石达穷民。”注：“肺石，赤石也。”疏曰：“云肺石赤石也者，阴阳疗疾法，肺属南方火，火色赤，肺亦赤，故名肺石，是赤石也。必使之坐赤石者，使之赤心不忘告也。”

据郑注，亦假定之词，贾疏更依注傅会，汉唐俱无肺石之制。即此可知彭氏谓肺形便于垂，又肺主声，似属望文生义，其所见长安宫阙前巨石，未知当日作何用，以为肺石，恐非。《梁书·武帝纪》：诏曰："可于公车府谤木、肺石傍，各置一函，若欲自申，并可投肺石函。"盖梁武好古，故有谤木、肺石之设，唐则未闻。白乐天诗："其心如肺石，动必达穷民。"正用《周礼》注，亦为唐无肺石之反证。《旧唐书·刑法志》："则天临朝，令镕铜为匦，四面置门，各依方色，西面曰申冤匦，有得罪滥冤者投之，行之至今焉。"是唐有申冤匦，而无肺石，此尤的证。

一二二　堂子神曲来

《开国方略》：清太祖初起兵，即祷于堂子，诸族人谋害太祖，亦誓于堂子，堂子不知何神。刘继庄《广阳杂记》：今堂子所祀邓将军，讳子龙，江西南昌丰城之间人。少饶膂力，家贫，事母至孝。后入行伍，以功得官归，有联云："百战归来，剩得鬓边白发；千金散尽，惟留江上青山。"风度可想。后为辽东游骑将军，死王事。又彭孙贻《客舍纪闻》云：九月朔，驾出东直门，迎邓将军神主入大内，黄幄列舆辇前，上亲拜祭。又查慎行《人海记》：元旦堂子祭，乃邓将军庙也。在朝门之巽隅，自车驾外，皆匍匐而入，非亲昵不随行。将军讳子龙，南昌人，万历中副总兵。案：《明史·邓子龙传》云：子龙，丰城人。万历二十六年朝鲜用师，诏以故官领水军，从陈璘东征。倭将渡海遁。璘遣子龙偕朝鲜统制使李舜臣，督水军千人，驾三巨舰为前锋，邀之釜山南海。子龙素慷慨，年逾七十，意气弥厉，欲得首功，携壮士二百人，跃上朝鲜舟，直前奋击，贼死伤无算。他舟误掷火器入子龙舟，舟中火，贼乘之，子龙战死。舜臣赴救亦死。事闻，赠都督佥事。世荫一子，庙祀朝鲜。是子龙初与满清无涉，何以祀之。曼殊震钧《天咫偶闻》云：堂子在东长安门外，翰林院之东，即古之国社也。所以祀土谷，而诸神祔焉。中植神杆为社主，诸王亦皆有陪祭之位，神杆即“大社惟松，东社惟柏”之制。满洲地近朝鲜，此实三代之遗礼，箕子之所传也。俗人不知，辄谓祀明邓子龙，不知子龙盖于太祖有旧。相传开国初，太祖尝微服至辽东，以觇其形势，为罗者所疑。子龙知其非常人，阴送出境。太祖笃于故旧，附祀于社，亦崇德报功之令典，非专为祀邓而设也。此谓堂子，即古之国社。盖箕子之所传未免傅会。余尝至南池子堂子察视，并无神像，惟有植神杆之石数十座而已。据阉（阍）人云：每岁四祭，皆迎神像于坤宁宫，祭毕，仍送还。坤宁宫之神像，亦曾目睹，一男一女，传闻堂子所祀，为一无首之像，亦实不确。

一二三　《管子》语与宋儒之旨

《汉书·艺文志》列《管子》于道家，其书如《白心篇》诚近《老子》，而《内业篇》曰："凡民之生也，必以平正，所以失之者，必以喜怒。故止怒，莫如诗；去忧，莫如乐；节乐，莫若礼；守礼，莫若敬；守敬，莫若静；内静外敬，能反其性，性将大定。"（《心术下篇》语意略同。）大似宋儒居敬主静之旨。

一二四　泥古礼笑话

《续墨客挥犀》载陈烈一事，绝可笑。陈烈，福州人，博学不徇时态，动遵古礼。蔡君谟居丧于莆田，烈往吊之。将至境，语门人曰："诗不云乎？'凡民有丧，匍匐救之'。今将与二三子行此礼。"于是，与二十余生，望门以手据地，膝行号恸而入。孝堂妇女望之皆走，君谟匿笑受吊。即时，李遘画《匍匐图》，此非泥古，乃行怪耳。吾师巴县潘清荫字季约，邃于三礼，其婿梅黍雨际郇，少有才名，婚礼师所手订，行奠雁时，雁哑哑而号，新郎掷之于地，翁婿反唇，婚礼几于中止。此亦泥古笑柄，因附记之。

一二五　以公款媚东朝

孝钦之营颐和园也，既取北洋海军之款以供之，而各行省督抚、将军复争先报效，悉出之地方公款，然其数皆不逾十万两。惟张南皮在两广总督任，独多至百万，是岂仅进姚黄花乎？阎朝邑掌户部，亦尝疏请各省所进固本银专解内务府，以媚东朝。谥之曰“介”，有愧色矣。

一二六　肃顺获咎

曾文正公之署两江，实由肃顺密保。盖吴县潘文勤公属其客高心夔（咸丰元年辛亥恩科，江西乡试榜名梦汉）伯足说之也。肃顺之死，罪以潜蓄异谋，世多冤之。伯足《陶堂遗集》有《城西诗》云：“赫赫爰书铸悖史，天门折翼梦荒唐。”为肃顺作也。又云：“坊乐入筵天庆节，殿材营第水衡司。平生风义亏忠告，沧海湮流此泪垂。”“坊乐”句谓以张二奎入宫演剧，“殿材”句谓取工部木料营私宅，盖仅以此二事为肃顺咎云。

一二七　帝王威力胜于儒生空论

周密《癸辛杂识》云，王充作《刺孟》，冯休作《删孟》，司马公作《疑孟》，李泰伯作《非孟》，晁以道作

《诋孟》，黄次伋作《评孟》。盖孟子当日，荀卿已非之，不始于仲任，而宋人疵之者尤多。明太祖《孟子节文》，共节去八十五条，则冯休已开其先，至课试不以命题，科举不以取士，是则帝王之威力，固胜于儒生之空论矣。

一二八　《鬻子》乃伪书

《鬻子》，伪书也。其所称昔者鲁周公等语，及贾谊新书引其成王问答五条，《四库提要》谓时代殊不相及。余观其书云，禹尝据一馈而七十起，日中而不暇饱食，曰："吾犹恐四海之士，留于道路。"是以四海之士皆至此。盖阴用文王日昃不暇食、周公朝见七十士事而传之。禹且馈，即进食一馈七十起，则不暇饱食可知。二句亦嫌意复。又《列子·天端篇》引粥熊曰："运转亡已，天地密移，畴觉之哉？"《力命篇》引粥熊语，文王曰："自长非所增，自短非所损，算之所亡若何？"并今书所无。

一二九　治河手段不一

前因黄河泛滥，家父谈及官河道时治河之事，谓靳文襄治河，曾置混江龙爬河。河督高晋以为无益而去之，然犹有惜其不当废者，此不知河工之言也。考《宋史·文彦博传》："初选人李公义者，请以铁龙爪治河，宦者黄怀信沿其制为浚川杷，天下指笑，以为儿戏。王安石独信之。

都水丞范子渊行其法，子渊奏用杷之功，水归故道，退出民田数万顷，诏大名核实。彦博（案：文以判河阳徙大名府）言：‘河非杷可浚，虽甚愚之人皆知无益，臣不敢雷同罔上。’疏至，帝不悦，复遣知制诰熊本等行视，如彦博言。”是前人已试行无效矣。栗恭勤治河，易秸石以砖，世多称之。固始蒋湘南子溓尝为诗诵美，然实不适用。余循用碎石坦坡之法，大著成效，拟五年为期，悉易秸埽，以去任不果。

一三〇　清廉如游丈者稀矣

家父云，四川藩司养廉，岁仅八千两。入款以征收余平为大宗，而库房典吏牟利尤厚，库吏五人，每顶参典吏一名，约需银一万五六千金，皆经承等集赀为之。特推其名次在前者承充，号为捱参，犹依次递补也。藩司所得，不过万金，库吏取赢各州县补平补色，其费不知几何。光绪丙戌年，游丈子大先生，由臬摄藩，适五库吏先后期满，游丈毅然从他房遴选充补，不取参费，可谓公且廉矣。戊子夏，余自吴返蜀，谒游丈于成都臬署。游丈谈及兹事，颇自喜。余曰：“年丈此举诚非寻常所可及，然年丈虽不取库吏之费，能禁库吏不取各州县之费乎？若犹未也，是惠不在国，亦不在民，但在此数典吏耳！”游丈闻之爽然。且继任者为满洲崧藩，仍责令库吏补缴，是库吏亦未受其惠也。虽然，清介如游丈，今宁有是人耶？

一三一　张南轩父镇定于军

张南轩云，符离之败，诸军皆溃，唯存帐下千人。某终夕彷徨，而先公方熟睡，鼻息如雷。一国之安危，三军之生死，皆置之度外。此宋儒之所谓镇定。

一三二　倚卓考实

古无倚卓，故不见于《说文》。今用倚卓从木傍，二字各有本义。杨大年《谈苑》云，咸平景德中，主家造檀香倚一副，倚卓二字，不从木傍。黄朝英《靖康缃素杂记》，以为人所倚者为倚，卓之在前者为卓。殆强为之词。(周辉《清波杂志》言，高宗践阼之初，躬行俭德，设一木卓置笔砚等，并无长物。又尝诏有司毁弃螺填椅卓。倚虽作椅，然卓尚作卓，不作木。)

一三三　论刘潜夫诗

罗大经《鹤林玉露》刘潜夫诗："执戟浮沉计未疏，无端著论美新都。区区所得能多少，枉被人书莽大夫。"余谓罗自谓名义所在，岂当计所得之多少，若以所得之少，枉被恶名为恨。则三公之位，万钟之禄，所得倘多可以甘受恶名而为之乎？此诗颇碍义理，其论甚正。

一三四　文士不择言

今之总统退则与齐民齿，不得与世及之皇帝。比项城醉心帝制，实谐媚者怂恿成之。年终赐福寿字，樊增祥云门自撰谢启，妃青俪白，极意颂扬，直如清代谢恩奏折，已为失体。如徐东海，绝无帝王思想。而樊作《四照堂宴集》五言排律，乃全用汤征、虞舞帝王故事，并有“自忘黄屋贵，众指白衣人”之句，不特误认白宫为黄屋，且以李长源自况。又有诗云：“看二三代迎新妇，望九重天有故人。”亦以天子拟之。昔谢康乐九日从宋公戏马台送孔令维，时恭帝犹在位，而其诗云：“良辰感圣心。”谢宣远诗亦云：“圣心眷嘉节。”其张子房一首，更以“烛河阴、薄汾阳”为颂。文士之不择言，自古若是。

一三五　史可法论从逆之罪

史道邻遗集《论从逆法宜从重疏》有云，如吴伟业岂非先帝所特简者哉？流寇陷京师，庄烈帝崩，梅村方家居。此云从逆，盖传闻之误。

一三六　眺远斋命名索解

甲戌三月，僦居颐和园眺远斋。斋在后湖，头门临小阜，杂树蒙葱，远瞩湖流，回合幽邃。夏时藕花尤盛，然斋名眺远，实不能远眺，以地居山背，斋又无楼，虽阶陛少高前湖，楼阁悉为峦树蔽亏，命名之义，殆不可解。考之园籍，斋即孝钦昔日看会之处，故又呼为看会殿。四月妙峰山香会，从墙外经过，乃近墙构筑，以备看会之用，然就地观察，墙高丈余，墙外香会斋中实难目睹，何以当日专为看会，不筑一高楼，而建此低平之斋，尤难索解。嗣闻园役谈及，园墙旧日颇低。民国三年项城拟徙逊帝于此，乃增高五尺，始恍然。此斋实便于看会，即眺远之义。亦非不符眺远，非眺园中风物，乃从墙外远眺耳。

一三七　眺远斋门外横额

又眺远斋门外旧有笺纸横额，民国初年为风刮去，仅存破烂木架，颇损观瞻。拟书四字补之，不审旧额所书何字，遍查关于兹园记载，迄不可得，询之园中老宫监王氏，云为“琼敷玉藻”四字，叩其何能记忆如是之确，答曰：“昔日老佛爷每看香会，必有颁赏，领赏者皆称某年某月某日在琼敷玉藻传差一次。因香会在墙外，不知老佛爷所在为眺远斋，只见门上横额有‘琼敷玉藻’四字，遂以为此斋之名，故此四字今犹不忘也。”此亦有关颐和园掌故，因并记之。

一三八　强赓廷狷介

强赓廷丈汝询，江苏溧阳人。学宗朱子，博极群书，著有《大学衍义》。家父常称为有体有用之言。家父与赓丈交谊至笃，谓生平交好不乏理学之儒，至和平通达，不立崖岸，言行相顾，粹然无疵，惟赓丈一人。述其逸事有可纪者。李文忠公署苏抚，招之不往。马端敏公以礼为罗，亦不就。仅一应开县李雨亭江督之聘，居三月，为草谏修圆明园一疏而去。曾忠襄公任两江，尤重其人。时强选赣榆县教谕，以海滨卑湿，未就职。曾乃聘其充江苏书局会办，虽月俸止三十金，然其总办，则藩司也。强在书局有年，终日校书，未尝一谒当事。家父客苏幕时，每挈余诣强，强未一诣家父也。

一三九　傅怀祖志行高洁

山阴傅怀祖星槎，亦家父至交，赓丈友也。以同知需次江苏，志行高洁，不为上官所知。萧山汤纪尚伯述，尝以所著《灌园》未定稿献李文忠公，星丈知其事，遗书责汤以为污己。其狷介如此。家父《慎所立斋文集》，有与星丈《灌园》论学书。

一四〇　八旗子女有异姓乱宗者

八旗人员凡生子女，必报佐领。然大臣中，恒有异姓乱宗之事。琦善为粮船张姓之子，官豫臬时，访得其母，迎至客舍。一日，其母闻臬司经其门，喜极，出而大声以儿呼之。势不得认，乃交祥符县以风颠阴遣之。家父闻之钱塘袁祖惠少兰。袁侍其父通宦汴，盖目击其事云。

一四一　汪荣宝哀启

汪荣宝衮甫哀启，其子称之曰君，殊为骇俗。汪容甫述学江都县增广生员，先考灵表以君称父，李莼客《越缦堂日记》颇不谓然。考高似孙《纬略》云，顾恺之为父传曰："君以直道，迟回于世，入见王，王发无二毛，而君已斑白，问君年，乃曰卿何偏蚤白，君曰松柏之姿，经霜犹茂，臣蒲柳之质，望秋先零，受命之异也。"则称父曰君已自晋人始矣。然哀启非古世俗文字，正不必好奇立异。王之春爵棠酷嗜听剧，缠头之费，一夕千金。其由蜀藩擢皖抚时，吏民送德政牌，有"天下一人，泽彼黎元"等语。天下者李天下，后唐庄宗也。黎元者，黎园也。甚矣，其谑也。

一四二　朱文正公迷信之至

朱文正公迷信扶箕及文昌笔录，喜为人说因果。闻汤文端实传其衣钵。二公号为理学名臣，所行乃如此。钱泳梅溪《履园丛话》载文正逸事云，一日，有通家子某欲晋谒，阍人辞以请客。问请何人，阍人曰：日昨请老师父执及前辈，今日请同年同寅，皆已故者。某骇然问其礼，每一席设五六位不等，椅坐上某名某名，以尊卑分次序，而自居末坐，衣冠肃然。坐定，令仆行酒、上菜，上饭、上茶，一如生祭，毕则送诸门外。越月而薨。又梁章钜茝林《归田琐记》云，文正自以前身为文昌宫之盘陀石，因号盘陀老人。有请乩者，谓公系文昌二世储君，名渊石，故字石君。奏请加封号，行九拜礼。然则非文正，乃文邪耳！

一四三　石守道作《三豪诗》

石守道作《三豪诗》曰："曼卿豪于诗，杜默豪于歌，永叔豪于文。"陈晋《扪虱新话》云，东坡言作诗狂怪，至卢仝、马异极矣。若更求奇，便作杜默之歌诗。东坡以为山东学究，饮村酒，食瘴死牛肉，醉饱后所发者也，尚足言诗乎？据此，则守道以默之歌诗，比于永叔之文，不翅老子与韩非同传。然永叔赠默诗云："赠之三豪篇，而我滥一名。”初不以为忤，若苏子美谓其作诗人以比梅尧臣，叹为不幸（亦见《新话》）。其度量相越，岂不远哉！其实子美之诗，尚未足比尧臣也。

一四四　扬子云与张伯松

贱近贵远，人之恒情。《论衡·齐世篇》云，扬子云作《太玄》，造《法言》，张伯松不肯一观。与之并肩，故贱其言。使子云在伯松前，以为金匮矣。此诚古今同慨。又《须颂篇》云，扬子云作《法言》，蜀富人赍钱十万，愿载于书，子云不听。彼何人斯，其知子云盖不在侯芭、桓谭下。

一四五　娄子柔寿申文定文

寿序非古，然亦与赠序同类耳。《归熙甫集》中虽多此作，然尚不失体格。若近世为文，对于达官贵人，辄谀词满纸，又岂特寿序为然哉？湖南文征载、曾绍孔答李二庵书云，杜于皇称，吉水罗念庵为毗陵唐太公寿序，通篇讲道晰义，以荆川为之子而不之及。其超脱如此。嘉定娄子柔寿申文定，仅三百余字，且谓文定秉政，不如前人任劳任怨。前人，江陵张文忠也。其简直如此。若寿序皆如曾所云，抑岂不贵，但恐施之今日，微特不足厌求者之意，且必大相诟厉耳。

一四六　马端临、俞正燮论春秋决事

俞正燮《癸巳存稿》谓，《公羊传》乃集酷吏佞臣之言，附之经义，汉人便之，谓之通经致用，未免诋娸太过。马端临《文献通考》经籍门论春秋决事，比曰汉儒专务以《春秋》决狱，陋儒酷吏遂得以因缘假饰，往往见二传中所谓责备之说，诛心之说，无将之说，与其所谓巧诋深文者相类耳。圣贤之意，岂有是哉？此与理初意似同实异，盖贵与但斥汉儒，理初则病传耳。

一四七　董仲舒未忘进取

《汉书·董仲舒传》："正其谊不谋其利，明其道不计其功。"陈义甚高。几道虽尝辨其非，然平心论之，其对三策，亦不失为儒者之言。至其家居，推说辽东高庙长陵高园殿灾，乃引两观桓釐亳社火灾，导武帝以果于诛杀。与所谓任德不任刑之说，大相剌谬。又按《后汉书·应劭传》言，仲舒老病致仕，朝廷每有政议，数遣张汤亲至陋巷问以得失，于是作《春秋》决狱二百三十三事，动以经对。是则仲舒病免之后，未忘进取，诚不免曲学阿世矣。

一四八　刘备、诸葛亮诫子皆用《淮南子》语

汉昭烈之敕后主，诸葛忠武之诫子，皆用《淮南子》语。《蜀志》："先主临终，敕后主曰：'勿以恶小而为之，勿以善小而不为。'"案：《淮南子·缪称训》曰："君子不谓小善不足为也而舍之，小善积而为大善；不谓小不善为无伤也而为之，小不善积而为大不善。"昭烈语本此。高诱，涿郡人，受业于卢植，其注《淮南》，盖多本诸师说。昭烈与诱同郡同师，其习闻是书有由然矣。武侯《诫子书》曰："非澹泊无以明志，非宁静无以致远。"见《淮南子·主术训》，第"明志"作"明德"耳。斯亦其君臣契合之一端也夫。

一四九　《兰亭帖》落水本

王羲之《兰亭帖》，其真迹已入昭陵，而抚本极多。孙退谷翻刻定武五字未损本即世所称赵子固落水本也。落水本为番禺蔡伯浩以五千金购得，家父曾一见之。伯浩被祸，此本并他书画押之上海广东工商银行前经理薛仙舟襄理，余内弟徐维明曾以书画目录示余，落水兰亭在焉。今恐为日人所得矣。

一五〇　未刊之《唐书注》

唐春卿景崇师，费二十年精力，成《唐书注》若干卷，惟表尚缺，然已写有多条。春师没后，其家人深藏稿本，又无力付刊，散失可虑，箸书之传不传，殆有命也。

一五一　刘蓉自矜

同治初，太平天国将亡。石达开由楚犯川，拟出奇兵从间道取成都，乃困于土司境，适大渡河水涨不能渡，遂诣总兵唐友耕降，骆文忠以生擒奏闻。王壬秋《湘军志》谓，刘蓉往受俘，盖事实如此。霞仙辄盛自矜诩，作诗纪功，有“赛诸葛”之语。识者哂之。其后丧师于秦，非不幸也。

一五二　衣裳之说

《易·系辞下传》：“垂衣裳而天下治”，盖取诸乾坤。杨用修《丹铅续录》引朱震《汉上易集传》云，上古衣裳相连，乾坤相依，君臣一体也。至秦，始取衣裳离之而尊君卑臣，上下判隔，岂非服妖之大乎？昔人谓礼失求野，今獠川苗塞，多衣统裙，上下相连。虽议论似好，然谓上古衣裳相连，秦始离之，殊属无稽。上曰衣，下曰裳。经传通训既分上下，自非相连。《曲礼》不漱裳，尤其显证。李鼎祚《周易集解》载虞翻曰："乾为治，在上为衣，坤下为裳。"孔颖达引郑玄曰："乾为天，其色玄；坤为地，其色黄。故玄以为衣，黄以为裳。"象天在上，地在下，盖不独上下异位，且玄黄异色，其不如子发所说明矣。

一五三　谁为首功

同治初，克复金陵。当日奏报，以李臣典为首功，然先入城者实朱洪章。家父闻遵义黎莼斋丈言之确凿。光绪中法兰西兵舰犯福州，其舰帅孤拔之亡，或云在马江中炮，或云在定海闽浙，互言其功。时庐江刘文庄公抚浙，以为发炮击之者，钱玉兴也。

一五四　岑云阶开罪李莲英

岑云阶当庚子之变扈从行在，与阉宦李莲英结交甚密，其受知孝钦，即由于此。迨入为邮传部尚书，自以为历任封疆，声名已著，且方面奏庆亲王奕劻贪黩不职，故馈李酒食，亦拒绝之。李因大恚。其不久遽外出，虽奕劻挤之，李亦与有力焉。

一五五 《乌夜啼》乐府

同治初元，遵义黎庶昌莼斋以诸生伏阙上书，得旨以知县用。时文忠公文祥及李文清公堂阶在军机，故有意开通言路，激励人才，而台谏无识，反抨击之。黎疏见所著《拙尊园丛稿外编》，李慈铭莼客《孟学斋日记》谓其所条诸务，不尽可行，而求治之方，不外乎此。其疏草虽危言耸论，朝阳之鸣凤也。有《乌夜啼》乐府，即为台谏攻黎而作。其诗云："腷腷膊膊乌夜啼，御史府中列柏栖。朝来匿景乘夜啼，一乌啼向曙，群乌问何怒？云：昨有黄雀飞鸣公车署。黄雀万里来黔中，衔花直达光明宫。主人睹花感雀意，金铃系雀穿花丛。乌言百鸟自成列，凤皇不能司雀秩。只闻鸠准居上林，不许鹪鹩傍堂密。黄雀一心惟报恩，饮涿（啄）风露甘邱樊。忽遭弹射谁敢冤，由来反舌憎人言。"盖莼客为人虽褊衷，犹能主张公道也。

一五六 绝世发明

《列子·汤问篇》曰："人之巧，乃可与造化者同功乎?"《魏志·方伎传》裴注云："时有扶风马钧，巧思绝世。"傅玄序之曰："先生以大木雕构，使其形若轮，平地施之，潜水发焉。设为歌乐舞象，至令木人击鼓吹箫。作山岳，使木人跳丸掷剑缘垣侧立，出入自在。"又张鹜

《朝野佥载》云："洛州殷文亮，性巧好酒，刻木为人，衣以绘彩，酌酒行觞，皆有次第。又作妓女，唱歌吹笙，皆能应节。"又无名人《枫窗小牍》云："太平兴国中，蜀人张思训制上浑仪。其制与旧不同，最为巧捷，起为楼阁数层，高丈余，以木偶为七直人以直七政，自能撞钟击鼓，又为十二神，各直一时，至其时，即自执辰牌，循环而出。"此等技巧，岂在今日欧美人下？第中国素不重艺术，又喜自秘，故虽有创造，旋失其传，安有精进之望！《旧唐书·李皋传》言，皋尝运巧思为战舰，挟二轮蹈之，翔风疾鼓，若挂帆席。韩退之作《曹成〔王〕碑》，既不载此事，宋景文《唐书》亦削而不录，盖皆以为奇技淫巧不足道也。徐度《却扫编》云："元城刘公晚岁闲居，或问先生何以遣日，公正色曰：'君子进德修业，惟日不足，而可遣乎？'"案：荀子《劝学（修身）》曰〈曰〉："其为人也多暇日〔者〕，其出入（人）不远矣。"陶渊明《杂诗》亦曰："古人惜寸阴，念此使人惧。"

一五七　但做官，少说话

民国二年后，项城予智自雄，已隐有帝制自为之意。四年，余自东三省视察司法归，谒项城，于时政颇有讥评，项城不怿。退草一疏辞职，诋项城摧残国家元气，项城大怒，拟立免余职。秘书长张仲仁一麐语项城曰："江庸之辞职负气耳，且总统就任以来，无敢非议时政者。当温语慰留，以示总统之虚怀。”项城稍霁，徐曰：“姑拟一批令留之。”仲仁拟稿颇婉切，项城曰：“批太好。”仲仁笑曰：“既拟留之，则非好不可。”项城亦笑。时王式通书衡在侧，项城正色语书衡：“汝告江庸，以后但做官，少说话。”甚矣，项城之隘。然但做官，少说话，确是古今做官之秘诀也。

一五八　岳韩并称，韩非岳匹

罗大经《鹤林玉露》云：“韩蕲王夫人，京口倡也。蕲王尝邀兀术于黄天荡，几成擒矣，一夕凿河遁去。夫人奏疏言，世忠失机纵敌，乞加罪责。举朝为之动色。”案：《宋史》本传云，梁夫人亲执桴鼓，金兵终不得渡，尽归所掠假道，不听；请以名马献，又不听。又云，兀术一夕潜凿渠三十里，次日风退，我军帆弱不能运，金人以小舟纵火，矢下如雨，孙世询、严胤皆战死，敌得横江遁去。（顾炎武《菰中随笔》云，不备不虞，不可以师。韩世忠京口之战，只不曾备得无风及火箭二事，遂败于兀术。故用兵在先识己之瑕，而后可以待敌。）与景纶所论略同，但无夫人乞加罪责事。史言一夕凿渠三十里，万无此理。凿河遁去，殆当日奏报饰罪之语。《玉照新志》述其事甚详，谓虏人安然渡江北归，然世忠进官加恩自若也。可见失机纵敌，当时舆论多以是责韩。故无名人《枫窗小牍》亦云，韩蕲王之威宣于金虏，而有畏懦之议，岳韩并称，韩非岳匹也。

一五九　朱竹垞清节

金德水《熙朝新话》谓，竹垞出典江南省试。拜命之日，即不见客。将渡江，誓于神。试毕入京，无所携，惟载书两麓（簏）而已。盗劫其居，得钱二千，白金不及一镒，已靡覆不发矣。竹垞清节若此，风怀二百韵，讵足累之哉！

一六〇　于少保冤杀案众议

徐树丕《识小录》云，于少保之死，皆谓徐武功害之。然当时废太子，锢南城，皆少保为之也。景皇病亟，实欲迎养，襄府事未决，而中宫犹豫，遂为曹吉祥所泄，至有夺门事。当时，张石辈皆武弁，不能显暴其无君之恶，而猝然杀之，武功又不能辨正，后人之议纷纷，大概废太子一事，凡署字者皆当诛，岂独少保哉？此亦《温州笔记》自是一议论，作史者当知。树丕所云，殆有意淆乱是非。案：温州即指文衡山之父林。《明史·宪宗本纪》：成化二年，谕祭于谦，复其子冕官。三年十月庚子，黎淳追论景泰废立事，帝曰："景泰事已往，朕不介意，且非臣下所当言，切责之。"又《于谦传》载，宪宗赐祭诏曰："当国事之多难，保社稷以无虞，惟公道之独持，为权奸所并嫉，在先帝已知其枉，而朕心实怜其忠。”宪宗身为太子被废，其对于忠肃如是，则当日之诬陷，不辩自明。文明特以私于有贞，遂为左袒，妄议贤臣。徐晟《续名贤小纪》云，待诏文先生年十六，父温州守林以病报，先生挟医而往，殁已三日矣。恸绝，收其家故所藏徐武功诸秘册，杂烧之。此秘册虽不知云何，其与有贞深交，不第乡谊可断言也。

一六一　于式枚七律四首

于晦若丈式枚，本四川营山人。父宦粤，生于广州，遂寄籍广西贺县，曾受业陈兰甫先生之门，精于史学，尤熟唐事。宣统三年，任修订法律大臣，时在馆中，数数相见。其生平作诗不多，陈石遗《近代诗钞》载其《唐李宝臣纪功碑》一首，殆书院考试之作。光绪乙酉晦若丈还蜀，与家父同客易笏山布政官廨，有《次韵真一子牡丹诗》四律。其一云：“入座惊闻李白狂，岂知富贵自矜庄。南朝词客宜宫体，北地胭脂异国香。曾逐鸣銮来洛苑，可怜飞燕在昭阳。若论解语方倾国，云雨何缘误楚王。”其二云：“山桃红杏各争狂，不比华严妙相庄。三月莺花春异色，五云宫阙夜闻香。人天旧梦怀中禁，时世新妆误上阳。八尺银瓶雕玉碗，漫将忠孝惜钱王。”其三云：“久厌繁花客慧狂，未容齐物拟蒙庄。春回已负三生梦，品重宜推一字王。（自注：欧公序花至牡丹，则不名，直曰王。）

地脉古来原向洛，天尊后出始当阳。凉州打彻犹前日，忍见离筵坠粉香。”其四云：“曾陪走马孟郊狂，沈醉东风又洛阳。化国楼台疑隔世，平泉草木记荒庄。忽惊触眼西川锦，莫问招魂南海香。十万莺花二分月，茫茫都付梵天王。”丈时以庶常散馆官兵部主事，故有“人天旧梦”一联，又丧偶未久，故有“忽惊触眼”二句。

一六二　延平郡王祠联

光绪元年，沈葆桢等奏请将明室遗臣朱成功赐谥建祠，奉旨准行，予谥忠节，遂于台湾建明赐姓延平郡王祠。文肃撰联云：“开千古得未曾有之奇，洪荒留此山川，作遗民世界；极一生无可如何之遇，缺憾还诸天地，是创格完人。”大气包举。又无名氏联云：“由秀才封王，支持半壁旧山河，为天下读书人别开生面；驱外夷出境，自辟千秋新世界，愿中国有志者再鼓雄风！”亦极豪宕。余十八年渡台谒延平王庙，此二联俱未见。今延平王庙之所以巍然犹存者，延平王之母为日本人耳。不然踣矣。

一六三　相宅较相墓为古

相宅较相墓为古。《汉书·艺文志》形法六家，有宫宅地形二十卷。其书不传。《四库》著录之宅经旧本题曰：黄帝宅经，盖出依托。葬地之术，自东汉始。《后汉书·

袁安传》载，安父没，访求葬地，逢三书生指一处，当世为三公，安从之，故累世贵盛。《唐书·艺文志》有《葬书地脉》经卷，《葬书五阴》一卷，初不言为郭璞所作（《晋书·郭璞传》从河东璞（郭）公受《青囊中书》九卷，遂洞天文五行卜筮之术。璞门人赵载尝窃《青囊书》，为火所焚，不言其曾著《葬书》。）《宋志》始载郭璞《葬书》一卷，其后方技之家竟相附益，遂有二十篇之多。蔡元定病其芜杂，为删去十二篇，存其八篇。吴澄又病蔡氏未尽蕴奥，复抉其精粗纯驳，分为内外篇。（近代术家言山龙脉络形势及点穴，盖出唐杨筠松所著《撼龙经》，疑《龙经》《葬法倒杖》诸书，盛行于世。顺德李文田尝为《撼龙经注》。筠松不见史传，惟陈振孙书录题解，载其名氏。《宋史·艺文志》有杨救贫《正龙子经》一卷。）蔡吴名儒，故是书因以增重。（《四库》著录有蔡元定《发微论》一卷。《宋史·儒林传》谓元定之学，旁涉术数，而尤尽心于地理。庞元英《谈薮》曰，或赠蔡季通诗云："掘尽人间好丘陇，冤魂欲诉史无由。先生若有尧夫术，不何先言去道州。"则当时已有讥之者矣。）而其中遗体受荫之说，使后世惑于祸福，或稽留而不葬，或迁徙而不恒，虽贤如朱晦翁，亦蹈其失。吕叔简《四礼疑》云，朱元晦一代名儒，乃不胜其福利之心，而葬父母于两地，是平生之一迷也。吾不能为贤者讳之。（《朱子语类》云，伊川力破俗说，然亦自言须是风顺地厚之处乃可。然则亦须稍有形势，拱揖环抱无空阔处乃可用也，但不用某山某水耳。）无怪元明以来，士大夫无不崇信风水，求如吕叔简之卓然不惑者，洵为难得。

一六四　语病

姚铉《唐文粹》载，古之《奇县令箴》有曰："不恕而明，不如不明；不通而清，不如不清。"上二句吾亦首肯，下二句却有语病。

一六五　文人纪载浮而不实

文人纪载，恒浮而不实。王贻上《陇蜀余闻》，谓蜀多虎，滇之大理多龙，粤西多凤皇，峒中蛮女往往缉以为裘甚丽，截取其嘴为杯，曰凤皇杯。唯蜀多虎，或不诬，其余皆妄语。闻百色等处多孔雀，何尝有凤皇哉？

一六六　士大夫固闭

同治四年，设同文馆，以前太仆寺卿徐继畬为提调官，而选翰林院及部员之科甲出身年三十以下者学习行走。徐，字松龛，山西五台人。道光季年尝官福建巡抚，所著《瀛寰志略》，为中士言外志者之先河。言者尝摭中外交涉事劾之，并以此书为口实。御史张盛藻、大学士倭仁先后请罢同文馆，未允。六年，更增设天文、算学，因天时亢旱，诏求直言，都察院代奏直隶州杨廷熙（四川泸州人）奏请撤销同文馆，以弭天变一折。虽经严旨申饬，而一时士议，终以丑夷之学为疑，颇多右之。当时士大夫其固闭如此。

一六七　记南下洼怪物事

清光宣间，赵尧生师官侍御，时郑太夷、陈石遗、曾刚父、杨昀谷、罗掞东及余父子均在京师，月必数聚，聚必为诗。今刚父、掞东、昀谷先后逝世，尧师还蜀，太夷入辽，石遗旋乡，余父子外，无一人在北平者。犹忆宣统元年，集陶然亭，师纵谈甲午三月南下洼怪物事，语极诙诡，一座捧腹。师有诗纪之，稿尚存余处。诗云："郑公二月罗群贤，江亭雪霁春一湾。苇芽出土柳条绿，水光汎汎收晴峦。各寻雅谑破昼睡，敬举国故光绪年。甲午三月此亭下，传有怪物声振（震）天。略如九牛吼大瓮，或图其状如鼍鼋。作麟之而睅双目，往揭巷陌人聚观。我时寓居保安寺，杨舍人住官菜园（谓杨锐叔峤）。见怪不怪试一往，自龙泉寺成市廛。美人如花著高屐，燕支涂颊擎双鬟。时逢绣幰中风走，道傍贫妇争乞钱。前行野潦一团碧，万头攒戢人如山。是时一哄怪乍伏，竞吹树叶敲铜镮。蓦然一声殷地发，事果不谬如人传。杨舍人归舌不下，取五行志终夜翻。广搜异闻定鼍吼，昆明池内海眼穿。前演水雷失窟宅，径攻地道钻城垣。自余厌胜有万法，内务府设宣经坛。西山老道习雷吼，星冠木剑扬朱幡。金吾福公决大计，谓人有力天无权。调神机营备不测，刻日大炮轰黄泉。或云城当化为海，五城御史宜直言。西洋鬼子欲归国，已发电报呼海船。纷纷弭祸说不一，坎坎应节声愈繁。果然是物召兵象，及秋日本争朝鲜。我方妄言冀妄听，郑公大笑邀凭栏。西山戴雪可临境，买花神庙楼其间。海棠四面植万本，请君坐此谈神奸。广和有酒且归醉，英俄近日方野蛮。致此咎者是何怪，魑魅罔两珊瑚冠。众客抚掌我面赤，待修禊事清明前。作江亭诗质众论，游者细考然不然。"

一六八　张廉卿初见曾文正

家父云："曩客安庆，挚甫尝为余言，张廉卿初见曾文正，因朗诵王介甫《海宁县主簿许君墓志铭》一过，自是文思大进，因缘文法之善，亦由廉卿天分之高。其言玄眇，吾所不解。"

一六九　论古文义法

李莼客谓古文之法，非坏于八家，坏于茅鹿门以后之评八家者，虽方望溪之文，有义味，姚姬传之学，有本原，而尚陋习相沿，感于挑剔，吞吐开合照应，以摇曳为神致，以断续为离奇，数字之文，必有针线脉络，一行之间，亦须起伏映带，此学究之蛊毒，中人最深者也。蒋子潇《七经楼文钞》与田叔子论文书，亦以翦裁驾空诸法为讥，又谓非八家之敝。古文实学八家者之敝，古文其说，可与李互证，惟子潇颇推钱竹汀（并推李申耆，申耆文殊不厌人意）。莼客则谓望溪之学，诚不足望竹汀，而古文义法粹密，神味渊深，自为国朝冠冕，非竹汀所能及也，却是公论。

一七〇　老儒杜了翁

敖英《东谷赘言》云，庐山之麓，有老儒杜了翁，被服造次必于儒者。或劝之从阳明子讲学，了翁曰："吾闻圣人之道在《论语》，某于其中言忠信、行笃敬六字敏求之，四十余年未之有得，又恶乎讲哉！"或曰："道岂言行尽耶？"了翁曰："吾闻言行，君子之枢机，枢机之发，荣辱之主也；又闻言行，君子之所以动天地也。若外言行而讲道，某不愿闻也。"他日，阳明子闻之叹曰："不可谓深山穷谷无人。了翁是言，足为空谈心性者针砭，然《论语》不云乎，'学之不讲'，'是吾忧也'。讲学亦曷可少耶！"

一七一　张佩纶不足观

家父云，郑文焯小坡言，丙戌自吴入都会试，在通州逆旅，见题壁诗云："南征枉说觅封侯，便说封侯不解愁。他日生还应铸错，为君搜铁十三州。"末署丰润女史寄外闽中。此盖张佩纶马江败逃后自题，或他人托名讽之也。张孝达初任晋抚，疏荐中外官五十九员，以幼樵居首，称为有一无二之才。幼樵在闽，骄愎偾事，奏报欺饰，今人《马江纪略》，已详言之。其后竟剃须为李相赘婿，末路固不足观。即其做讲官时言事，颇负直声，其实亦多有为而发，不尽由忠悃也。李莼客《越缦堂日记》载，直督张树声奏调侍讲张佩纶赴津帮办水师事宜，陈宝琛奏参其擅调近臣一事，以为狐埋狐搰。陈与佩纶久互相唱和，此疏以掩外人耳目。家父闻诸张靖达之子华奎蔼卿，云幼樵实自媒于北洋，始奏调之耳。

一七二　为火车送行

籍忠寅亮侪性最迂缓，其壁上之钟，例拨快二小时，问其何意，谓快二小时，则仆人届时相促，可不至爽约也。其趁火车，十恒误九。一日送客东车站，车已展轮，见亮侪始至，余戏谓之曰："君非乘车，乃为火车送行耳。"

一七三　勇而不当大乱天下

《后汉书·逸民传》："梁鸿卒，伯通等为求葬地于吴要离冢旁。咸曰，要离烈士而伯鸾清高，可令相近。"然要离实不足取。《吕览·忠廉篇》乃云："要离可谓不为赏动矣，故临大利而不易其义，可谓廉矣。"故不以富贵而忘其辱，殊为乖谬。且篇中述要离语曰："夫杀妻子焚之而扬其灰，以使（便）事也，臣以为不仁。夫为故主杀新主，臣以为不义。"是其不仁不义，固已躬言之。盖即下《当务篇》所谓，勇而不当义，大乱天下者，恶可奖之乎？

一七四　汪勃调官拜秦桧

失名《东南纪闻》云，汪勃者，歙人也。仕州县，年逾六十，犹未调。官满趋朝，试□秦桧，求一近阙，秦问："已改官乎？"曰："未也。""有举者几人？"曰："三人耳！"于是遣人导之往谒张、韩。时二公皆以前执政奉朝请，闻有秦命，倒屣出迎，执礼甚至。勃得改秩。《四库提要》谓汪勃调官一事，称张浚、韩世忠迎合秦桧，〔浚〕之心术不可知，世忠当万不至此，恐不免传闻失实。

一七五　殿下、阁下、足下解

孔平仲《珩璜新论》，谓陈平、周勃请文帝即天子位，称臣而曰“大王足下”为言之不顺。考《史记·秦本纪》，阎乐前即二世数曰：“足下骄恣。”裴骃《集解》引蔡邕曰：群臣士庶相与言曰：殿下、阁下、足下、侍者、执事皆谦类，然则足下固与殿下、阁下无异。近世始以足下为轻，是知文帝未即位，尚是代王。故曰大王足下，恶得遽以陛下尊之乎？毅父以为言之不顺，非也。（《战国策》苏代遗燕昭王、乐毅报燕惠王，皆称曰“足下”。）

一七六　《李娃传》指李勉说

《太平广记·李娃传》，易实甫丈谓指李勉。缘唐代封汧国者，止勉一人。且李为郑王元懿曾孙，故称郑元和。其言虽近似，然小说多虚构，正不必实有其人也。

一七七　桐油入水池荷死

家父云，四川眉州三苏祠，木假山堂外，有瑞莲池。夏间，荷花极盛。祠与院邻。张文襄为学政，按部莅眉试毕，宴宾僚于此。制新样纸灯无数，系诸鸭尾，放池中为戏。鸭行，灯与莲叶触，往往倾仄，油泻于池，从此花不发矣。东坡《物类相感志》云："桐油入水池荷死。"惜当时文襄不察。丙戌春，与易笏山先生同游苏祠，眉人言及，犹若有余憾焉。

一七八 桐城派古文称盛京师

清末民初，京师能为桐城派古文者，一时称盛。如姚仲实叔节兄弟，传其家学（二姚为石甫孙）。吴辟强则挚甫子，马通伯则挚甫门人（北直能文之士大抵皆出莲池书院）。而王晋卿、林琴南皆师法桐城者也。通伯作《桐城耆旧传》，于其师吴挚甫云，张廉卿辞莲池书院院长，吴为冀州知州，谒合肥李相。李忧其继，吴曰："无若某矣。"李当欣许之。明日，吴即以院长名义拜李，此殆非事实，意欲扬吴，反涉于妄。闻家父云："旧制藩司初擢巡抚，其见督抚，仍由甬道东角门入坐官厅，然后开暖阁门延之。"吴任冀州知州，未交卸前，固犹是督抚属吏也，况吴本师事李者乎？

一七九 古人难进易退，今人易进难退

近人论文，多薄桐城义法。章太炎谓，此在今日，亦为有用。明末猥杂佻侻之文，雾塞一世，方氏起而廓（廓）清之。自是以后，异喙已息，可以不言流派矣。乃至今日，而明末之风复作，报章小说，人奉为宗。幸其流

派未亡，稍存纲纪。学者守此，不至坠（堕）入下流，故可取也。若谛言〔之〕，文足达意，远于鄙倍，可也；有物有则，雅驯近古，是亦足矣。派别安足论！是说见其门人所记《蓟汉微言》，颇为平允。晋蔡谟迁司徒曰：“我若做司徒，将为后世所哂。”虽得罪放废，终不肯拜也。郑袤迁司空，辞让至十数云：“三公当上应天心，苟非其人，实伤和气，不敢以垂死之年，累辱朝廷。”讫不受之。二人者，固贤矣。唐郑綮同平章事，搔首曰：“歇后郑五做宰相，〔时〕事可知矣。”古人难进易退，今人易进难退，非独不能如郑蔡之辞高位而不居，亦并不及郑五自知之明，天下事安得不败坏哉！

一八〇　冀国夫人祠联

冀国夫人祠在成都城南草堂寺之右，所祀即《唐书·崔宁传》宁妾任氏也。长洲顾子远题一联云：“一代红妆，继李波小妹；数行青史，先石柱夫人。”家父嫌其近率，尤以李波小妹为病，思有以易之而久不就。壬辰岁，乃致书吴下，浼俞荫甫编修撰联。荫老以新旧书皆不载冀国之封，唯《杨升庵集》云，成都浣花溪，有石刻浣花夫人像，三月三日为浣花夫人生日，倾城出游。因自书楹联见寄云：“新旧书不详，冀国崇封，但传奋臂一呼，为夫子守城，代小郎破贼；三四月历数，成都盛事，且先遨头大会，以流觞佳节，作设帨良辰。”庄雅工切，蔑以加矣。

当即刊悬祠壁。成都屡遭兵燹，不知今尚存否？

一八一　冀国夫人祠由来

谢采伯《密斋笔记》云，蜀郡西门可六七里，有杜工部草堂，潭以百花名，初未有花。冀国夫人在父母家时，有异僧堕污渠中，夫人为浣衣，而百花浮水上。工部尝赋“浣花流水”之句。夫人归西川节度使崔宁为小妇。节度入奏，夫人能散财破贼人杨子琳，邦人德之，即所居祠夫人。后草堂与祠并称。端平丙申遭乱，郡城焚荡，此等遗迹，闻自无恙，是冀国夫人之称其来久矣，唯西门当作南门耳。

一八二　潞公不依条例，莱公不用例

龚鼎臣《东原录》云，庆历中，文彦博与杜祁公俱在枢府。彦博见祁公依条例行事。乃曰：“此是措大治身之道耳，某虽晚辈，亦不敢不以天下为虑。”依条例行事，有司之任，非宰相职也。潞公斯语，较陈平为切实。陈平之对汉文谓，宰相者，上佐天子，理阴阳，顺四时，下育万物之宜，犹不免浮夸也。《宋史·寇准传》：准在相位，用人不以次，同列颇不悦。它日，又除官，同列因吏持例簿以进。准曰：“宰相所以进贤退不肖也。若用例，一吏职耳。”潞公不依条例行事，与莱公不用例用意正同。

一八三　有襟抱方可言黄诗

近代宋诗盛行，学山谷者尤众，然只得其粗硬生涩而已。山谷《次韵杨明叔见饯十首》有云："男儿生世间，笔端吐白虹。何事与秋萤，争光蒲苇丛。"又云："小智窘流俗，蹇浅不能超。安得万里沙，晴天看射雕。"又云："丈夫存远大，胸次要落落。"须有此襟抱，方可与言黄诗。